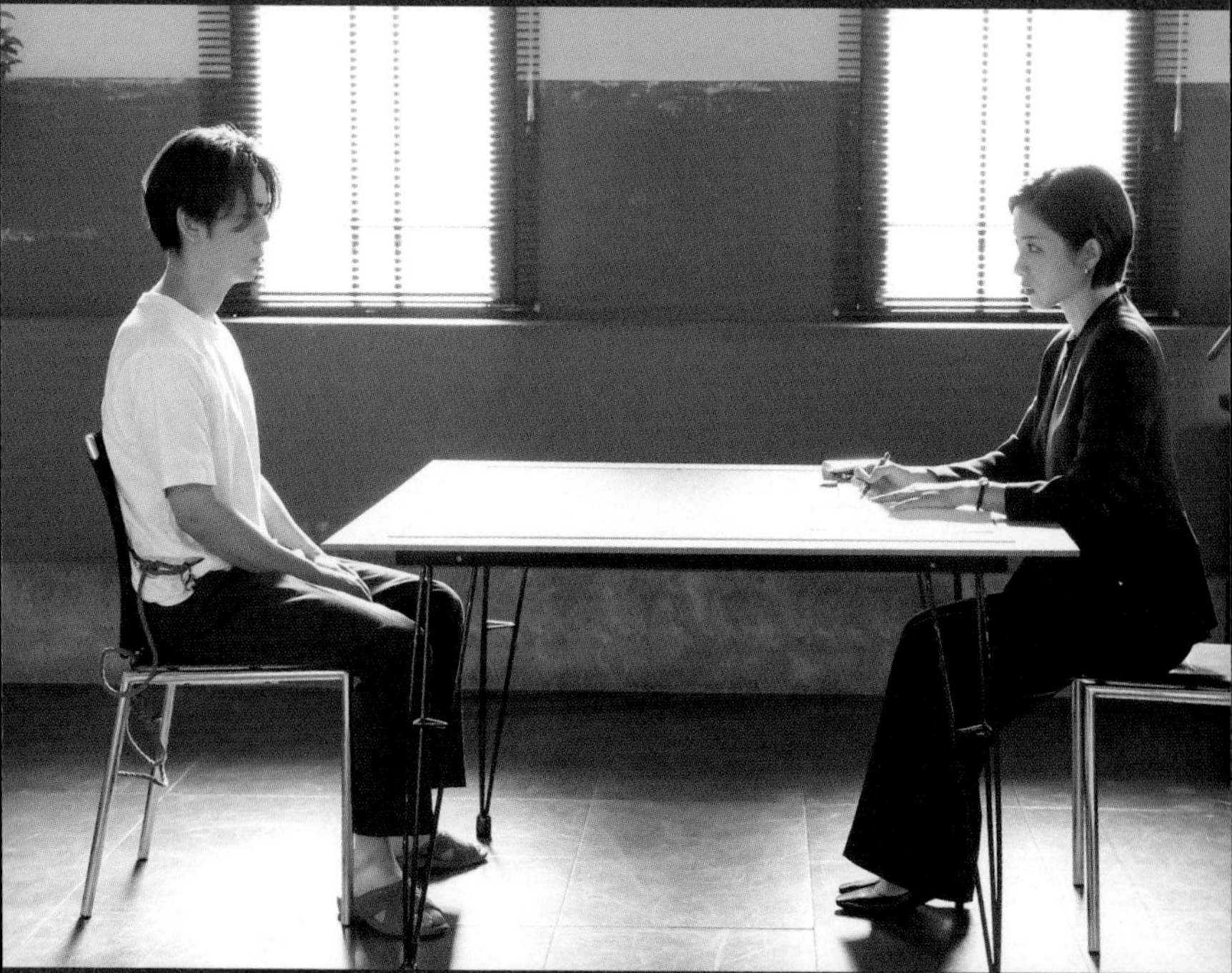

Destiny

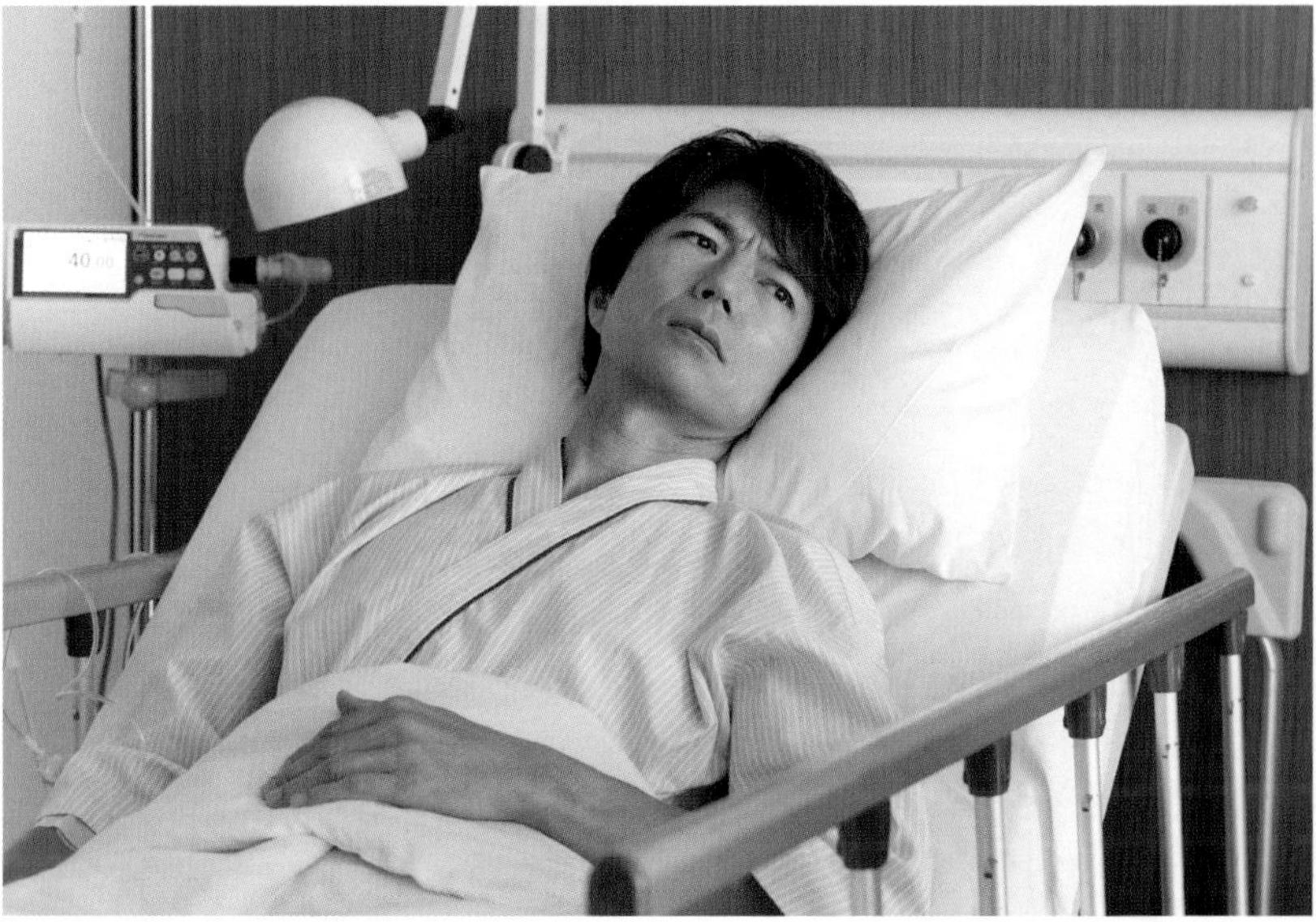

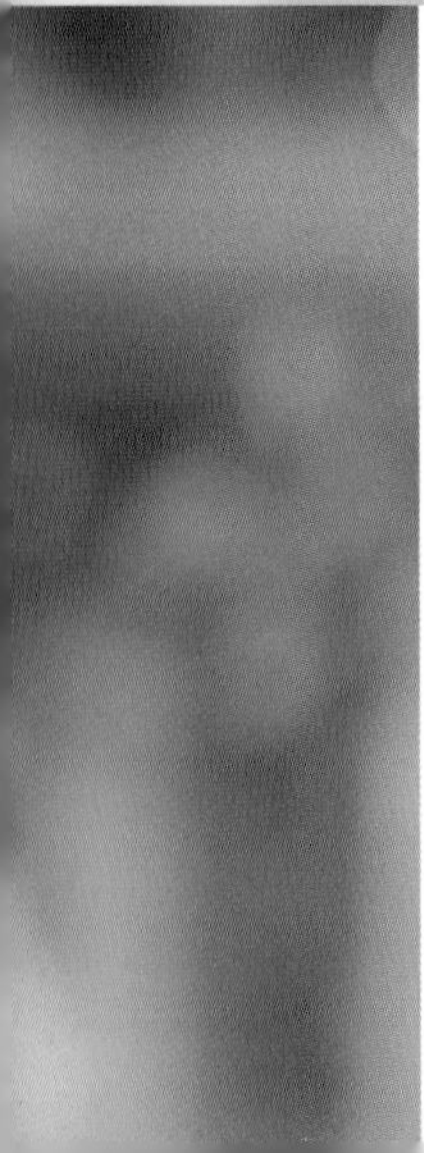

人物相関図

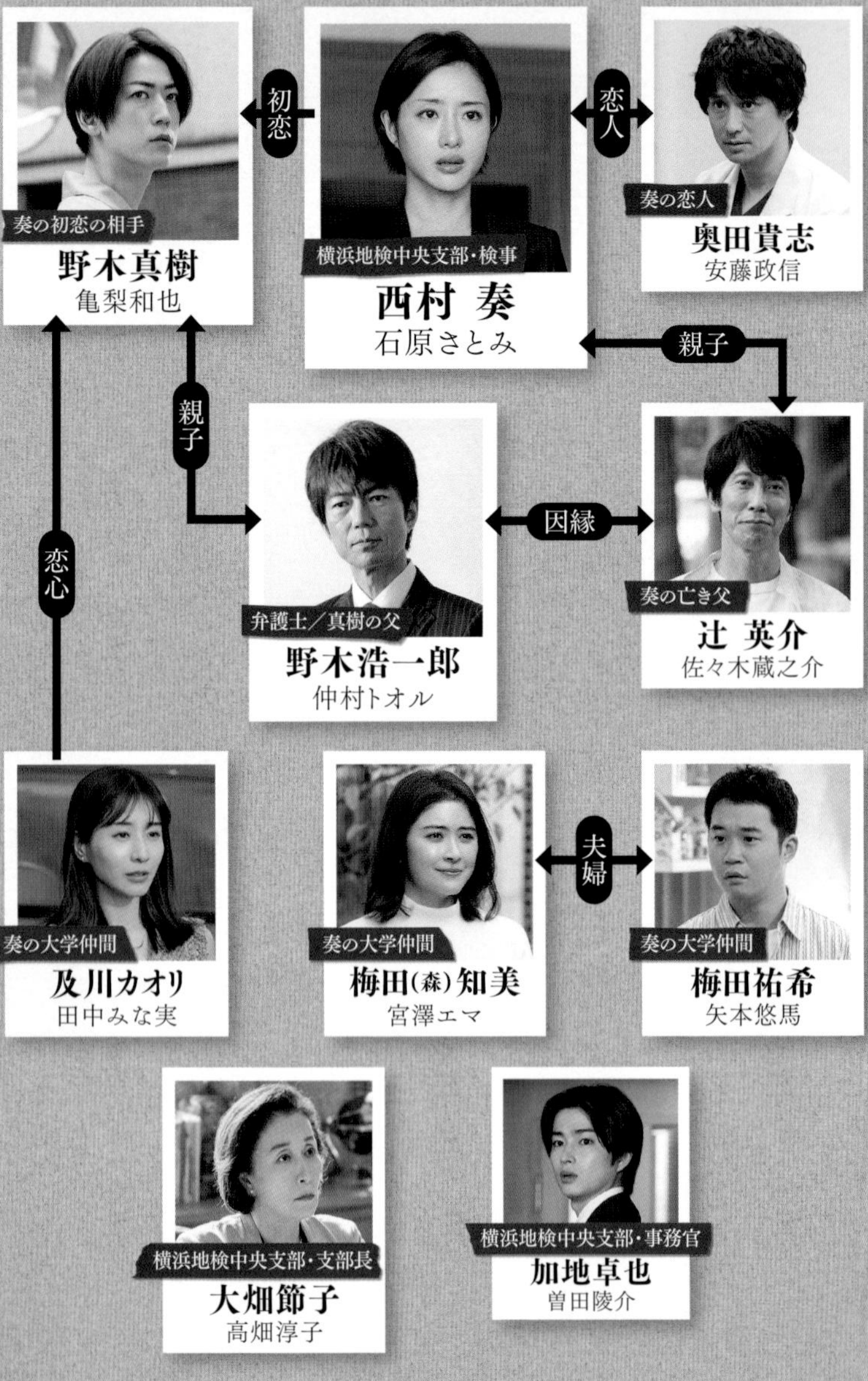

初恋
恋人
奏の初恋の相手
野木真樹
亀梨和也
横浜地検中央支部・検事
西村 奏
石原さとみ
奏の恋人
奥田貴志
安藤政信
親子
親子
恋心
因縁
弁護士／真樹の父
野木浩一郎
仲村トオル
奏の亡き父
辻 英介
佐々木蔵之介
夫婦
奏の大学仲間
及川カオリ
田中みな実
奏の大学仲間
梅田(森)知美
宮澤エマ
奏の大学仲間
梅田祐希
矢本悠馬
横浜地検中央支部・支部長
大畑節子
高畑淳子
横浜地検中央支部・事務官
加地卓也
曽田陵介

Destiny
シナリオブック

下

脚本・吉田紀子

contents

※シナリオ中の「N」はナレーションを意味します

第 6 話

Destiny *episode:6*

5話のリフレイン

野木邸

朝のニュース。

野木邸前から中継する記者（男性）の姿。

記者「昨夜十時過ぎ、こちら横浜市瑞穂区にあります弁護士の野木浩一郎さん宅で火災が発生し、現場にいた長男で無職の真樹容疑者が、自宅に火をつけたと話したため、その場で現行犯逮捕されました」

記者の声にカットバックし——

真樹の様子が。短く、次々と映し出される。

警察署取調室。刑事（渡辺）の取り調べを受けている真樹。

渡辺刑事「間違いなく、君がやったんだね」

真樹「ハイ。そうです」

写真室。顔写真を撮られる真樹。

真樹「——」

横顔・正面顔等。数枚。

指紋採取される真樹。

真樹「（指紋を押す）」

記者の声「野木さんは、現在意識不明の重体です」

救急病院・ＩＣＵ

酸素マスク・点滴等に繋がれ横たわっている野木。

野木「——」

酸素吸入とバイタルサインの音だけが、響いている。

ニューススタジオ。

番組は中継から映像を挟んでスタジオへ。

アナウンサー（女性）「昨夜、自宅には野木さんと息子の真樹容疑者しかおらず、真樹容疑者がなぜ自宅に火をつけたのか詳しい動機や当時の状況など、神奈川県警が引き続き捜査を続けています」

奏のマンション

そのニュースを、言葉もなく見ている奏と貴志。

奏「――」

貴志「ボイスレコーダー、聞いたよ」

奏「（ハッとして）――そう」

貴志「彼は、君のために火をつけたのかな」

奏「――」

貴志「いや、君のお父さんのために」

奏「――」

貴志「でも、自分の家に放火するなんて――」

奏「――」

知美のマンション

同じニュースを、知美、消したところ。

知美「どういうこと？　放火って」

祐希「（黙ったまま）――」

知美「神奈川県警ってことは、横浜地検が担当だよね。かなでに連絡――」

と、電話しようとする知美に。

祐希「やめときなよ」

知美「なんで？」

祐希「何かわかったとしても、守秘義務があるし。かなでも、話しようがないと思う」

知美「――。もしこれで、お父さんが亡くなったら、放火殺人？」

祐希「（うなずく）放火罪と殺人罪の両方」
知美「――」
　と、希実が起きて来る。
希実「（ねぼけ顔で）おはよう」
　知美、（希実に聞かせたくない話なので）咄嗟に母の顔になり、
知美「あ。もう起きたの?!（と、時計見て）ヤダ。もうこんな時間だ！　早く、顔洗って！　支度しなさい！　急いで急いで！」
希実「うん。いそぐ（と、ねぼけたまま。のんびりと）」
　知美、気づくと祐希の姿がない。
知美「アレ？　お父さんは？」
　知美、諸々の不安が押しよせ――
知美「――」

同・外

　スーツ姿で出勤する祐希の憂鬱。（真樹のこと。そして失職のことが頭を占めている）手にはゴミ袋。
祐希「（収集所にゴミを出し、歩き始める）――」

警察署・留置場

　手錠をかけられた真樹が、留置係の制服警官により、房へ入れられようとしている。
　その傍らに渡辺刑事。
真樹「あの」
渡辺刑事「何？」
真樹「このあと、どうなるんすか」
渡辺刑事「まもなく地検に送致されて、勾留されるかどうかが決まる。勾留されれば、起訴か不起訴か決まるまで、十日間。最大二十日間ってとこ

かな」

真樹「――」

渡辺刑事「取り調べが続くから、頭、整理しとけよ」

留置係、房前で手錠を外し、真樹を留置場の中へ。

横浜地検・中央支部・支部長室（夕方）

FAXで送られて来た『新件連絡票』を見ている大畑。

大畑「――」

と、ノックの音。

大畑「入って」

ドアが開き、奏が入って来る。

奏「失礼します」

大畑、奏に書類を差し出し、

大畑「この事件。あなたが担当して」

内容を見て驚く奏。（野木邸放火事件である）

奏「私が、ですか」

戸惑う奏に。

大畑「支部長命令よ」

奏「――」

大畑「これを乗り越えられれば、本物の検事になれる」

奏「――」

大畑「ただし、一切の私情は挟まないこと」

奏。書類を見つめ

奏「――」

横浜地検・中央支部（翌日）

同・奏の執務室（1話冒頭より）

取り調べの準備をする奏。

几帳面に書類を揃え、筆記用具等必要な

ものを用意しながら、小さな声で呟く。
（その中のハンカチ。カナカナと刺繍がしてあるものである。奏、ハンカチをギュッと握りしめ）

奏の声「検事の西村と申します」

同・通用口

手錠をかけられ、腰縄に繋がれた真樹が、押送《おうそう》警察官に促され、入って来る。

同・奏の執務室

奏の声「あなたには、黙秘権と言って　言いたくないことは言わなくても良い権利があります」

同・取調室

椅子に、腰縄をつけられたまま、座らされる真樹。

奏の声「あなたは今回〝現住建造物等放火〟の罪で逮捕されました」

同・奏の執務室～廊下

準備を整え、廊下に出る奏。

奏の声「では、お名前から確認いたします。野木真樹さん三十五歳。出生地は神奈川県横浜市瑞穂区。現在無職。（等続く）」

その声に重なり、奏のNが忍び込む。

奏N――真実を知りたい。ただそれだけで、検事を目指した

フラッシュバックするこれまでの様々な出来事

・父英介の死・英介と野木の公判
・公判後、裁判所ですれ違う英介と野木
・大学時代の真樹との恋・初キス
・真樹と聞いたボイスレコーダー　等々

奏N「——だから私は今——」

奏。

取調室の前に立ち、そのドアを開ける。

同・取調室

真樹が腰縄をつけられ、椅子に座っている。

真樹「（奏の姿を見て、驚いて）——」

奏「検事の西村と申します。よろしくお願いします」

タイトル

横浜地検・中央支部・取調室（第一回取り調べ・弁解録取）

取り調べが始まっている。

真樹と机を挟み向かい合い座っている奏。

事務官の席で、記録を取る事務官A。

奏「あなたは今回、現住建造物等放火という罪で送致されました。あなたが火をつけたことに、間違いありませんか」

真樹「——」

奏「——」

奏。真樹。

無言で対峙し、見つめ合う。

真樹「——オレがやりました」

奏「——では、犯行当日のあなたの行動について、確認します」

真樹「はい」

（奏、警察からの送致記録を見ながら、

自らもノートにメモを取る）

奏「事件前夜、あなたは横浜市立横浜みなと総合病院に、腹痛で緊急入院し、翌日九時過ぎに、病院を出ていますね」

真樹「はい」

奏「その後、横浜の街を歩き。午後五時四十分、携帯電話で父親の野木浩一郎さんに電話をかけています」
真樹「――」
奏「そして、実家を訪ねた」
真樹「そうです」
奏「その日、お継母《かあ》さん――この方は、あなたの実の母親ではありませんね」
真樹「父親の再婚相手です」
奏「そのお継母さんと妹さんは、東京へ演劇鑑賞に出かけており留守。家にはあなたと浩一郎さんだけだった」
真樹「はい」
奏「浩一郎さんは、リビングルームにあなたを通し、ふたりで話をした。その後、口論になりあなたはカッとなって、近くの棚に置いてあったオイルライターに火をつけ、浩一郎さんに投げつけると、その火がカーテンに燃え移った」
真樹「はい」
奏「あなたは、そのまま父親を置き去りにし、家を飛び出した。間違いないですか」
真樹「その通りです」
奏「ひとつお聞きしたいことがあります」
真樹「なんですか」
奏「カッとなって火をつけたということは、最初から放火目的で、実家を訪ねたわけではないのですね？」

フラッシュ（5話より）
・ボイスレコーダーのスイッチを切る奏
・奏「――」（その目に涙が、つたう）」
・真樹、口の中で小さく
・真樹「（呟く）やっぱり、アイツが――」

真樹「――違います」
奏「では、お父さんと何を話し、何がきっかけで、口論になったのか。その時の様子を教えてもらえませんか」
真樹「黙秘してもいいですか」
奏「――そうですか」
真樹「――」
奏「お父さんは今、搬送先の病院で生死をさまよっています。火事による気道熱傷、及び一酸化炭素中毒で、低酸素脳症を起こしているということです」
真樹「――」

ここで初めて野木の病状の詳細を聞いた真樹。
内心の動揺。だが表には出さない。

奏「あなたが、火をつけたことが原因です。それについては、どう思っていますか？」
真樹「どうって言われても」
奏「申し訳ないという気持ちは、ありませんか」
真樹「（少しの間があって――）特にありません」
奏「――」
真樹「――」

その時、ドアを開けて入ってくる加地。
事務官Aと交代して座る。

加地「（チラッと真樹を見る）」
奏「――。では次に、家を出てからの行動について、お聞きします（等、つづいて）」

同・奏の執務室

奏と加地戻り、

加地「おつかれさまでした」
奏「おつかれさま。勾留請求の手続きおねがいね」

と、出かける支度を始める。

加地「はい。西村検事は?」
奏「ちょっと現場行ってくる」
加地「え?　現場ですか」
奏「うん。ちょっと気になることがあるから」
加地「わかりました。あの——」
奏「今日はまだ、時間内の勤務だよね?」
加地「そうじゃなくて。被疑者の野木真樹って、横浜地裁のロビーで、野木先生と派手な喧嘩してた人ですよね」
奏「え?」
加地「ホラあの。違法薬物所持事件の後」
奏「——」

フラッシュ（2話より）

・野木ともめている真樹
・金を投げつけ!「殺したんだろう!辻英介を」
・奏を追う真樹「かなで!」
・「行こう加地くん」と、無視し去った奏

奏「そうよ」
加地「——いえ、あの時からなんか親子の確執とかあったのかなって。(あえて〝辻を殺した〟という部分や、奏を追った真樹にはふれず)——金の無心とか」
奏「そうね。そのことも頭に入れておく。ありがとう」

同・表

出て来る奏。

奏「——」
奏N——加地くんは、私とマサキが知り合いだということに、気づいているのだろうか——

同・奏の執務室

野木真樹の事件情報をシステム入力している加地。

加地「——」

ふと手をとめ、机の上にあったスマホではなく、バッグから、ガラケーを取り出すと、どこかへ電話し始める。

奏N——気づいていたとしても。私は、私のやり方で、事件に向き合うしかない

同・表

歩く奏。

奏N——マサキは——、被疑者の〝野木真樹〟は、なぜ犯行に及んだのだろう。どんな理由で火をつけようと思ったのか

横浜市立・横浜みなと総合病院

その出入口の前に立つ奏。

真樹のたどった道を、歩いてみる。

奏N——火事が起きた日の朝、マサキは病院を出て、街を歩いた

横浜の街・港辺り

港の周辺を歩く奏。

奏N——お父さんを訪ねた理由は、ボイスレコーダーのこと以外、考えられない

フラッシュ（**5話**）

・「やっぱり、アイツが——」と言った真樹

奏「——」

野木邸・火災後の現場

立ち入り禁止のテープが張られている。
その前に立つ奏。
警察官や鑑識が、奏に挨拶し、建物の跡を見る。

奏「──」

奏N──もしも、最初から放火殺人の目的で、家を訪れたとしたら──。だとしても、いきなり殺そうとするだろうか？　動機や行動が飛躍しすぎていないか？

奏のイメージ
・事件当夜。燃えている野木邸

奏N──やはりマサキの言う通り、あの夜、ふたりは口論になり、マサキがカッとして、その場にあったライターに火をつけ、カーテンに燃え移った

奏のイメージ
・口論する真樹と野木
・オイルライターの火をつけ、投げつける真樹！

奏N──ライター──

渡辺刑事が来る。

渡辺刑事「西村検事！」

奏「（表情がやわらぎ）おつかれさまです」

渡辺、〝野木邸の間取り図〟を出し、説明している。

奏「出火元は、本人の供述通りリビングですか？」

渡辺刑事「まだ特定中です」

奏「ライターは？」

渡辺刑事「それもまだ（と首を振る）」

奏「なるほど。全焼という事から考えると、少し気になる点があるんですが（と、間取り図を差しながら）――」
渡辺刑事「――」

救急病院（野木の入院先）

ＩＣＵを訪ねる奏。だが、面会謝絶。
奏「――」
廊下の椅子に座る奏。
奏Ｎ――なぜライターで、火をつけたのか。何がきっかけで火を
するると。
廊下の向こうから歩いて来る野木の担当医師らしき人物。
担当医師「検事の西村さんですか」
奏「（立ち上がり）そうです。お忙しい所、申し訳ありません」

同・ＩＣＵ内

酸素吸入器をつけ、点滴、バイタルモニターに繋がれた野木。意識はない。
野木「――」
吸入器と機械音だけが、響いている。
可能ならば、ガラス越しに
奏「（その姿を見て）――やはり、まだ予断を許さない状況ですか」
担当医師「はい。相当量の一酸化炭素を吸い込んだと思われます」
奏「相当量の――」
担当医師「また、気道の熱傷もひどく、このまま目を覚まさない可能性もあります」
奏「そうですか」
担当医師「もちろん我々も最善を尽くしますが――」

奏「──」

横浜南警察署・留置場

真樹がひとり房内に座っている。

真樹「──」

奏N──ふたりの間には、私の想像を超えるような確執があったのだろうか──

知美のマンション（夜）

希実が寝た後。小声で話す知美と祐希。

（祐希は帰宅したばかりで、スーツ姿のまま）

知美「かなでが、マサキの担当検事?」

祐希「うん。どうもそういうことになってるらしい」

知美「ウソ──。それ、大丈夫なの」

祐希「いや、大変だと思うよ」

知美「──知らないのかな。上は。マサキとかなでのこと」

祐希「知ってたら、担当にはしないだろ」

知美「──」

祐希。何か言いたそうに──

祐希「トモ。オレさ──」

知美「何?」

祐希「──今の事務所辞めた」

知美「ええ?! どうして」

祐希「正確に言うと、辞めざるを得なくなったっていうか」

知美「（思わず）悪いことでもしたの!」

祐希「（シーッ）違うよ。そんなこと──してないよ」

知美「やめてよもう」

祐希「今の事務所、経営が上手くいってなくて、ノルマが厳しくなってきてさ」

知美「――」
祐希「で。他の事務所探してるんだけど、なかなか見つからなくて」
知美「――」
祐希「それでオレ――ちょっと（ある人に頼んで）」
と、言いかけた時。メールが入る。
祐希「？（と、気になるが、見るのははばかられ）」
知美「いいよ。見たら」
祐希「――ウン。（と、開き驚く！）ウソ。国際文化法律事務所が面接してくれるって」
知美「国際文化法律事務所？　すごい。すごいじゃない――」
祐希「うん――（と、戸惑いながら）」

横浜地検・中央支部（数日後）

同・取調室（第二回・取り調べ）

検事の奏と、被疑者真樹が向き合う。
真樹「嫌いだったんです。あの家が、もともと。ていうより、あの人が――かな」
奏「あの人とは、お父さんのことですよね」
真樹「――（答えない）」
奏「なぜ、そんなに」
真樹「なんでかな」
真樹、少しの間があって
真樹「万引きしたこと、あるんですよ。中学の時。コンビニで」
奏「――」
傍らで、パソコンに記録をしていた加地の背中。
その手が、ちょっと止まる。

真樹「地元の友だちと、調子にのって」

奏「何を盗んだんですか」

真樹「（わざと）バニラアイス」

奏「――」

真樹「カードゲームです。そん時は見つからずにすんで。でもすぐそのあとに、その友だちが又やって。で、オレにも疑いが」

奏「――」

真樹「その時、あの人が言ったんです。何を聞かれても、絶対やったと言っちゃダメだ。やらなかったと言い張れ。言い張れば、それは真実になる」

奏「――」

真樹「その時、思いました。あぁ。そうか。これが、この人のやり方か、って」

奏「あなたはそれに従ったんですか」

真樹「どう思います？」

奏「従っていたら、お父さんを今ほど嫌いにはなっていないかもしれませんね」

真樹「――」

奏「でも、そのことを今でも覚えているなんて。思春期の少年みたいですね」

真樹「（図星だが）いや。今、急に思い出したんです」

奏「――。野木さんの家は、横浜でも有名な一家ですよね。おじい様は、日海造船の創業者。お父様は弁護士。普通に考えれば、うらやましいような家庭環境だと思いますが」

真樹「オレ、こんなだから。合わないんですよ。あの家に」

奏「――」

　奏、調書を見ながら

奏「あなたは、これまで、会社に勤めたことはありませんね」

真樹「はい」
奏「それも、お父さまの生き方に対する反発ですか?」
真樹「まあ、そうかもしれません」
奏「地方の大学を選んだのも」
真樹「――」
奏「大学を中退した後は、どこへ? どうやって生計をたてていたんですか」
真樹「そんなことも、話さなきゃならないんですか」
奏「話したくなかったら、話さなくて結構です」
真樹「――」
黙って何かを考えている真樹。
顔色はすぐれない。疲れているようにも見える。
気まずい沈黙。
奏「(体調を気遣い)気分が悪い時は、言ってください」
真樹「――」
奏「その場合は」
真樹「(不意に)東北へ行ったんですよね」
奏「(内心の驚き)」
真樹「たまたま、知り合いがいたんで」
奏「知り合い?」
真樹「高校と浪人時代の家庭教師。その人が、震災の後、宮古でボランティアをやってたんで」
奏「みやこ」
真樹「岩手県の宮古市。そこで、土砂の片付けとか、色々。そのうち、運送の仕事とか見つけて」
奏「そのことは誰にも、知らせなかったんですか」
真樹「はい」
奏「家族にも。――トモダチにも?」
真樹「ハイ」

奏「どうして」
真樹「生き方を変えようと思ったから。すげえ、自分があまちゃんだったなって」
奏「学生時代がですか?」
真樹「大学には入ったけど。授業にも出ないで、ブラブラしてたし。何の目的もなかったし」
奏「楽しくはなかったんですか」
真樹「楽しかったですよ。今までの人生の中で一番」
奏「――」
真樹「今思い返しても、あの頃が一番幸せでした」
奏「――」
真樹「バカなことばっかしてたけど。それでも幸せでした」
奏「――」
真樹「人を好きになったし」

フラッシュ（1話より）
・花火が中止になった夜
・奏「どうする?」

奏「恋愛。ということですか」

フラッシュ（同じことを思い出している）
・真樹「もう少しここにいる?」

真樹「それ以上? かな」

フラッシュ
・車の中で、初めてのキスをする奏と真樹

奏「――」
真樹「それまであんまり、心を開ける人っていなかったんだけど。その人といると自然に素直になれて」

奏「――」

真樹「一分でも一秒でも、一緒にいたくて。なんなんですかね。アレは。惹かれ合う力が、半端ないっていうか」

奏「――」

真樹「そういうことって、ありませんか」

と、奏を見つめる。

奏「――わかります」

傍らで驚いている加地の背中。

奏「その人と、どうして別れたんですか?」

真樹「黙秘します」

と言ってから、

真樹「一緒にいたら、辛くなりすぎると思ったから。かな」

奏「――」

真樹「その人が、悲しむのを見たくなかったたし」

奏「その人に、そのことは伝えなかったんですか」

真樹「はい」

奏「正直に伝えたら、わかってくれたかもしれないのに」

真樹「複雑すぎました。自分でも、わけわかんなくなってたんだと思います。もう、消えるしかないなって」

奏「理由も告げられず、置き去りになった人のことは、考えなかったんですか」

真樹「考えがまわりませんでした。オレ自分勝手なんで」

奏「――。そういう衝動性が、あなたにはあるんですか」

真樹「?」

奏「何もかも投げ出したい――とか。何もかもなくなればいい、とか」

真樹「火事のことですか」
奏「いえ。そうとは限りませんが——」
真樹「ねえ、どうしてこんな関係ないことばっか聞くんですか」
奏「関係ない事ではないです。あなたが、なぜ犯行に及んだのか。お父さんとどんな確執があったか。あなたに反省する気持ちがあるのかないのか。それを明らかにするのが、私たちの仕事です」
真樹「——」
奏「起訴か不起訴かは、すべて検事の判断にかかっています。あなたの人生がかかっているんです。間違った判断はできません」
真樹「凄い仕事ですね。尊敬するな」
奏「——」

真樹。間があって——

真樹「まあここで、全部清算しちゃえば、スッキリするかななんて。全部、燃やして——何もかもなくなれば」
奏「——」

真樹の言葉をメモする。

真樹「あの」
奏「なんですか」
真樹「早く終わらせてもらえないかな。だってオレ、やったって言ってるのに。警察でも、ここでも、何度も同じことを説明しなきゃならなくて」
奏「——」
真樹「検事さんと話すのは、かまわないけど。それでも、正直疲れます」
奏「わかりました。では、今日はここまでにします」
真樹「あ。ひとつだけ聞いていいですか?」
奏「どうぞ」
真樹「あの人は、どんな様子か、わかりますか」

奏「依然として、意識不明のままだそうです」
真樹「このまま、死ぬんですか」
奏「それは、誰にもわかりません。私にも――」
真樹「――」
奏「――本日はこれで終わります」
押送警察官が来て、真樹に手錠をかける。
カシャリと、手錠のかかる音。
真樹、行きかけ
真樹「検事さん」
奏「ハイ」
真樹「手錠って冷たいんですね。オレ、初めて知りました」
そう言って出て行く真樹。
奏「――」

同・奏の執務室

奏がコーヒーを入れている。
奏「どうぞ（と加地に）」
加地「あ。すみません。（と奏の顔を見る）」
奏「何?」
加地「いや。やけに優しいなと思って」
奏「疲れてるだけ」
加地「つかみどころのない人ですね」
奏「え?」
加地「野木真樹。お父さんが憎いとか言いながら、病状とか聞くし。それとも、死んだ方がいいと思ってるんですかね」
奏「――」
加地「余計なことは話すけど、肝心の喧嘩の原因も内容も話さないし。あ、そうか。野木先生が目を覚ますと、全部バレちゃうからか。喧嘩の内容」
その時。ノックの音。
奏「ハイ!」

横浜南警察署渡辺刑事が顔を出す。

渡辺刑事「西村検事。ちょっとこの間の件で話が
――」

奏「はい」

奏「新たな証拠？」

渡辺刑事「検事に言われたことが気になって。表のガレージを調べてみたんです」

奏「――」

火元らしきガレージの痕跡、ポリタンクの一部等の写真を見せながら

渡辺刑事「これです。ポリタンクの焼け残りが発見されました。そこからガソリンの成分も検出されています」

奏「ガソリン」

渡辺刑事「それと。近所で新たな目撃証言も出て来ました」

奏「――」

奏のマンション・外

すでに日は暮れ、夜になっている。

同・マンション内

奏「ただいま」

貴志、戻っていて

貴志「おかえり。今日も取り調べ？」

奏「ウン」

と、テーブルの上を見ると、手作りのおかずやおにぎりなどが、お重に詰められている。

奏「どうしたの？　コレ」

貴志「宅配ボックスに入ってたんだけど。(保冷剤入り) トモちゃんが作って、持って来てくれたみたいなんだよ」

奏「――トモが?」

メモ書きがついている。

トモの声「忙しいと思うので、勝手に置いておくね。保冷バッグに入れといたけど、一応匂いは確認して。メールは不要。がんばれ! トモ」

奏「ウソ。お味噌汁まで」

ポットのお味噌汁も添えられている。

貴志「(ほほえみ) いただこうか」

奏「ウン。着替えて来る」

奏、貴志、二人でお味噌汁を飲みながら、

貴志「ホッとするね」

奏「ウン。――ありがたい」

貴志。ふと

貴志「留置場って、ちゃんと食事でるの?」

奏「(驚いて) え。でるよ。もちろん」

貴志「イヤ。彼。野木さん。どれ位勾留されるのかと思って」

奏「――一番長くて、二十日」

貴志「罪を犯したかどうかは別として――。本来は、治療を受けた方がいいと思うけど」

奏「そんなに進行してるの」

貴志「(うなずき) この間の痛がり方からみて」

奏「――」

横浜地検・中央支部・奏の執務室(第三回・取り調べ)

検事の奏と向かい合っている、被疑者真樹。

奏「放火した時の状況を、もう一度詳しく教えてもらえませんか」

真樹「ですから、何度も話した通り、口論になって、棚に置いてあったライターを投げたら、カーテンが燃えて」

奏「野木浩一郎さんは、五年前に喫煙をやめています。そのライターは、誰のものだと思われますか」

真樹「――。さあ。でも、ライターはありました」

奏「ライターは、ソファ横の棚の上にあった。そして、口論の末、ライターに火をつけ、投げつけると、カーテンに火が燃え移り、大きく燃え上がった。その後、浩一郎さんを置き去りにし、あなたは逃げた。間違いありませんね」

真樹「はい」

奏「それと、もうひとつお聞きしておきたいのですが」

真樹「（うんざりしたように）なんですか」

奏「体調は、大丈夫でしょうか」

真樹「え。あぁ。はい」

奏「食事は、とれていますか」

真樹「まあ、なんとか」

奏「熱やだるさはありませんか。もしも、体調不良があれば、申告していただければ」

真樹「検事さん。お医者さんみたいですね」

奏「――」

真樹「（強がり）大丈夫です。つづけてください」

奏、別の書類を用意し

奏「実は、現場検証の結果。火元が、屋外である可能性が出てきました」

真樹「――（内心の驚き）」

奏「リビングに隣接したガレージ付近に、出火の痕跡が見つかりました。そこからはガソリンも検出されました。また、辺りをウロついていた男の目撃情報も出てきています」

真樹「――」

奏「これまでのあなたの供述と食い違いますが、どういうことでしょう」

真樹「――（咄嗟に）もっと燃えればいいと思って、外に出たあとガソリンを撒きました」
奏「ガソリンは、どこにあったんですか」
真樹「ガレージにありました」
奏「それは、あらかじめあなたが用意したものですか」
真樹「黙秘します」
奏「では、なぜガソリンを撒いたことを、これまでの取り調べの中で言わなかったんですか」
真樹「罪が重くなるとマズイと思って」
奏「犯行直後、あなたは警察官の質問に、自分が燃やしたと自供しています。犯行は認めたけれど、罪が重くなるのはマズイと思ったんですか？」

　真樹。なぜかうれしそうに（奏の検事としての追及に感心している。また、突如来た痛みを堪え）少し笑うと

真樹「はい。そうです」
奏「――」

同・支部長室

　大畑と話している奏。

大畑「野木真樹が、何かを隠している？」
奏「はい。供述のあちこちに、おかしな点があります」
大畑「具体的には？」
奏「まず、父親との口論の末、部屋にあったライターで火をつけた、と言っていますが、家族によると、野木浩一郎さんは、五年前に喫煙をやめており、自宅にライターは置いてなかったそうです」
大畑「野木真樹が持っていた可能性は？」
奏「それも考えましたが、放火目的で家に行ったのではないというのが当初からの供述です」

大畑「――」
奏「また、浩一郎さんは、現在、ＩＣＵに入っていますが、そこまで重症になるには、相当量の煙を吸い込んでいると思われます。消火しようとして逃げ遅れた可能性も考えましたが、消火器等を使用した痕跡もありません。高血圧や心臓病など、持病についても調べましたが、それもないようです」
大畑「――目の前で火をつけたという野木真樹の供述が本当なら、野木浩一郎も、真樹と同様に早い段階で逃げることができたはず。でも実際には逃げ遅れ、意識不明の重体となった」
奏、証拠となる写真（ポリタンク焼け残り）を見せ
奏「また、現場検証により、〝ガソリンを入れたポリタンクの焼け残り〟の一部、そして、出火当夜、家の辺りをウロついていた不審な男の目撃証言が出てきました」
大畑「（微妙に反応する）」
奏「野木真樹にたずねると、これまでの供述にはなかったことを言い始めました」
大畑「それは？」
奏「もっと燃えればいいと思い、外に出てからもう一度ガソリンを撒いた、と」
大畑「なるほど」
奏「野木真樹は、犯行直後、通りかかった警察官に対し簡単に放火を認めています。なのに、なぜそのことを最初から言わなかったんでしょうか」
大畑「目撃された男と、野木真樹は同一人物？」
奏「不明です。今、横浜南警察署が捜査中です」
大畑「つまり、放火犯は他にいる可能性がある。野木浩一郎に恨みをもった人物が、息子以外にも」
奏「はい。――もう少し調べさせてもらえませ

んか」

大畑「わかった。勾留延長ね」

奏「はい」

同・支部長室・廊下

部屋を出て歩き出す奏。

奏「——」

ふと立ち止まり、窓の外を見る。

すでに、日が暮れかかっている。

また、歩き出す。

横浜南警察署・留置場（その夜）

警察官が見回りをしている。

真樹のいる留置場。横になっている真樹を確認し、少し行ってから、足を止める。

警察官「（振り向き、見る）——」

眠っているのではなく、倒れている真樹。

床に流れている大量の血。

横浜地検・中央支部・出入口

奏が仕事を終え出て行こうとすると。

追いかけて来る加地。

加地「西村検事！　野木真樹が、留置場で倒れて吐血したそうです」

奏「（加地の声に、振り返り）——」

横浜市立・横浜みなと総合病院・病室

処置が終わり、安静状態で眠っている真樹。

真樹「——」

同・廊下／横浜地検・中央支部・支部長室

病室周辺には、警備の警察官たちの姿もある。

大畑に電話をしている奏。

奏「――はい。先程処置は終わりました。――癌胆嚢癌だということは把握していたのですが、癌が十二指腸に転移しており、そこからの吐血だそうです。とりあえずは、安静に。その後、手術を検討することになるとのことです」

以下、適宜支部長室の大畑とカットバックで――

大畑「わかった。勾留は一旦停止。すぐに手続きをして」

同・廊下

奏「はい。よろしくおねがいします。失礼します」

と、電話を切ると、貴志が立っている。

貴志「(心配そうに奏を見て)――」

奏「取り調べは、中止になった」

貴志「そう」

奏「手術になる可能性は?」

貴志「可能性というより、手術せずにこのまま放っておけば、彼の命は長くない」

奏「(言葉を失い)――」

貴志「容態が安定したら、すぐにオペすべきだと思うよ」

奏「――」

貴志「(さらりと)ついていてあげたら」

奏「――いいの」

貴志「今は、誰か傍《そば》にいたほうがいい」

それだけ言うと、行ってしまう貴志。

奏「――」

同・廊下

複雑な心境で、しかし足早に歩く貴志。

貴志「――」

同・病室（深夜）

眠っている真樹に付き添う奏。
点滴が少しずつ減っていく。

奏「――」
真樹が目を覚ます。
真樹「（驚いたように、奏を見る）――どこ」
奏「病院」
真樹「あ。そっか」
奏「どう。具合は」
真樹「サイアク。――けんじの取り調べがきつくて」
と、笑おうとするが――うまく笑えない。
奏「――」
真樹「オレの病気のこと、知ってたの」
奏「（うなずき）主治医から聞いてた」
真樹「そっか」
奏「ねえ。本当に火をつけたの」
真樹「まだ聞くの。オレまた血吐いちゃうかも」
奏「わかった。もう聞かない」
奏。真樹。
沈黙の後――。真樹が、ポツリと。
真樹「苦しかった」
奏「え」
真樹「かなでと、何時間も向かい合ってんのに。すぐそばにかなでがいるのに。――それが検事さんで。怖い顔して」
奏「――」
真樹「オレ、腰縄とかつけられちゃって」
奏「しかたないじゃない」
真樹「ねえ。手出して」
真樹、奏の方へ手を伸ばす。
奏「何言ってるの」
真樹「出して」
奏の戸惑い。だが――

指輪をしていない右手を出す。
真樹、その手をそっと握り

真樹「かなでの手だ。やわらかい」
奏「――」
繋がれる、二人の手と手。
真樹「かなで。聞いたよね。なんで、オレが日本へ帰って来たのかって」
奏「（うなずく）」
真樹「本当の理由、教えようか」
奏「おしえて」
真樹「かなでに会いたかったから」
奏「――」
真樹「もちろん　親父のことも。カオリのこともあったけど」
奏「――」
真樹「でも、本当はそんなことより」
奏「――」

真樹「オレ。死ぬのかなって思った時。最期に一緒にいたいのは、かなでだったんだよね」
奏「――」
真樹「だから、かなでに会いに帰って来た」
奏「――」
真樹「なのに、こんなことになっちゃった」
奏「――」
真樹「バカだよな。なんでこんなふうにいつも、おかしな方へおかしな方へ行くのかな。なんかオレ――やっぱ、オレが悪いのかな」
と、少し笑う。
奏「（裏腹に）悪いよ。マサキのやってることは、いつも滅茶苦茶」
真樹「――」
奏「勝手だし。わがままだし。ひとりよがりだし」
真樹「――」

奏「昔からそう。何の説明もしないで、どこかへ行っちゃうし。今だって――」
真樹、奏の手をグイと掴む。
絶対に離れない手のつなぎ方で。
真樹「かなで。にげない？」
奏「（咄嗟に何を言っているのかわからない）――」
真樹「にげない？　ふたりで」
奏「――」
真樹「かなでと一緒にいたい」
奏「――」
真樹「またあの星空を、ふたりだけで見たい」
奏「――」
奏N――それが、私の犯した――〝ふたつ目の罪〟だった
つづく

第 7 話

Destiny *episode:7*

6話のリフレイン

横浜市立・横浜みなと総合病院・病室（6話のつづき）

真樹「かなで。にげない？」

奏「（咄嗟に何を言っているのかわからない）——」

真樹「にげない？　ふたりで」

奏「——」

真樹「かなでと一緒にいたい」

奏「——」

真樹「またあの星空を、ふたりだけで見たい」

奏「——」

　真樹。

　返事が出来ない奏を見て——。

真樹「（笑い）ゴメン。じょうだん」

奏「そうだよ。そんなことしたら私、つかまっちゃう」

真樹「（力なく笑う）」

奏「取り調べは、中止になったから。今は、ゆっくり休んで」

真樹「よくなったら、またあれが始まるのか」

奏「——」

真樹「わかった。ねる」

奏「おやすみ」

同・廊下

　病室から出て、歩き出す奏。

同・病室

　眠れずに天井を見ている真樹。

同・玄関・外

　出てくる奏。立ち止まり、夜空を見上げ

る。

星はまばら。

奏「――」

奏、病院の方を振り向く――。

奏N――それが、私の犯した――

横浜（翌朝）

夜明け。

長距離バス・ターミナル（または、停留所）

チケット売り場で、チケットを買う一人の男。

長距離バス内

男、ゆっくりと長距離バスの中へ。

その足元はおぼつかない。

奏N――（繰り返す）私の犯した

後方の席に座る男――。真樹である。

奏のマンション

起きて来る貴志。

奏の姿がない。ベッドは、もぬけの殻。

貴志「（不思議に思い）――？」

長距離バス・停留所〜バス内

走る女の足もと。息を切らせ走る。

バスが、発車しようとしている。

バスに飛び乗る女！　奏である。

奏N――ふたつめの罪――

奏、真樹の姿を確認し、離れた席に座る。

真樹「（乗ってきた奏を見て。内心の驚き）――」

奏「――」

真樹も、チラッと奏を見るが、そのまま窓の外へ視線を移す。

真樹「――」
　奏、真樹、別々の席で――。
　バスが、発車する。

走り出すバス

「長野行」のプレート。

タイトル

奏のマンション

携帯電話の着信音が、鳴っている。

貴志「(ハッとして見ると、病院から) ハイ」

横浜市立・横浜みなと総合病院／奏のマンション

以下、適宜マンションの貴志とカット
バックで――

看護師A「朝早くからスミマセン！　502号室の野木さんの姿が、見あたらないんです」
貴志「――」
　騒然としている病院内。
看護師B「先生、警察に連絡した方がいいですよね！」
医師「そうして！」
看護師B「はい！」
看護師A「昨日の夜、病室を見廻った時にはいたんです。今朝、検温に来たら、いなくなっていて。今、スタッフ総出で、捜しているんですが」
貴志「わかりました。なるべく早くそちらへ行きます」
看護師A「お願いします！」
医師「(看護師を呼び) 松本さん！　ちょっとこっちいい？」
看護師A「ハイ」

慌てて、医師の方へ。
電話を切った貴志。

貴志「――（改めて、部屋を見まわす）」
奏の姿はない。クローゼットを開けてみる。

横浜地検・中央支部・支部長室（朝）

大畑が、真樹逃走を聞き、出勤してきたところ。

大畑「（カバン等置きながら）野木真樹がいなくなったって？」
加地「ハイ。僕のところに連絡が」
大畑「どうして。西村検事は？」
加地「それが、熱が出たので、今日は休ませてほしいと。メールが」
大畑「――。緊急事態だから、連絡は取り合えるようにしといてって、言って」
加地「ハイ（と、電話をしかけて）支部長あの――」
大畑「何」
加地「支部長は、あの二人のことご存じでしたか？」
大畑「あの二人？」
加地「だから、西村検事と野木真樹のことです」
大畑「どういう意味」
加地「西村検事と野木は、学生時代の知り合いで。たぶん、二人は――付き合ってました」
大畑「――（動ぜず）電話して」
加地「ハイ。（電話するが、出ない）」
大畑「（じっと見る）」
加地「――携帯、電源が切ってあります」
大畑「――」

奏のマンション

貴志が、奏が出て行った痕跡を探してい

る。

ふと。

引き出しをあけると、〝指輪のケース〟。

貴志「――」

貴志、（嫌な予感がして）開けてみる。

するとと。婚約指輪が入っている。

貴志「（内心の衝撃）――」

その時！

家の固定電話が鳴る。

貴志「――（ハッと振り向き、見る）」

出ようか否か迷うが
貴志「（出る）ハイ」

女性の声「そちら、西村検事のお宅ですか」

貴志「そうですが」

女性の声「朝早くから申し訳ありません。私、横浜地検中央支部の大畑と申します」

かけているのは、大畑。

横浜地検・中央支部・支部長室／奏のマンション

以下、適宜カットバックで。
貴志「（驚くが、冷静な口調で）――いつもお世話になっております。奥田と申します。奏の婚約者です」
大畑「どうも初めまして。西村検事は、ご在宅でしょうか」
貴志。
一瞬、言葉に詰まる。
貴志「（曖昧に）あ。――はい」
大畑「――（何かを察するが）。今朝、事務官の方に熱があって休むと連絡が入ったようなんですが、緊急の用件がありまして、お電話さしあげました」
貴志「――そうですか」
大畑「彼女、携帯の電源を切っているらしく、つながらないんです」

　貴志、奏の嘘を知り、言葉を失う。

貴志「——」

　が、咄嗟に奏をかばい

貴志「——申し訳ありません。今、ようやく眠れたようで、休んでいるんですすが」

　と、奏のいないベッドを見る。

大畑「あら。そうですか」

貴志「(思い切って)——起こしますか?」

大畑「——(全てを察し)。いえ、結構です。では、起きたらすぐ大畑の方へ電話を入れるよう、伝えておいていただけますか」

貴志「わかりました」

　電話を切った貴志。冷や汗をかいている。

貴志「——」

同・支部長室

　電話を切った大畑。

大畑「(加地に) 自宅で寝ているそうよ」

加地「いいんですか」

大畑「——。とにかく今は野木の確保が先決。勾留執行停止の取り消しを、申請して」

加地「ハイ (と、部屋の外へ)」

走る高速バス

　バスの中で誰かにメールを打っている奏。

　(画面は見せない)

　メールを送り終え、

奏「——(真樹の方を振り返る)」

　窓際の席で、外を見ている真樹。

　顔色は悪く、体もだるそうだ。

真樹「——」

　すると。

すっと横に、奏が座ってくる。

真樹「（少々驚き、見る）――」

奏「（前を見たまま、小声で）大丈夫？　つらくない？」

真樹「うれしすぎて、踊り出したいくらい」

奏「――」

真樹「ねえ。肩かして」

奏「（そっと、真樹の方へ）――」

真樹「（言葉とは裏腹に、つらそうに、体をもたれかからせる）」

寄り添うように座るふたり。

奏。真樹。

その奏の左薬指には、指輪はない。

真樹「（指輪がないことに気づき）ここに来たこと。誰か知ってるの」

奏「逃げようって言ったのは、誰？」

真樹「オレ」

真樹、少し笑う。

国際文化法律事務所・会議室（午後）

祐希が、新事務所の面接を終えたところ。

弁護士「面接は以上です。結果は、改めてこちらから、ご連絡させていただきます」

祐希「（緊張の面持ちで）ありがとうございます。よろしくお願いいたします」

弁護士「まあでも、野木先生のご推薦ですので」

祐希「――野木先生、その後ご様子は」

弁護士「まだ、意識は回復していないと聞いています。――本当に驚くような事件で」

祐希「はい」

弁護士「梅田先生。ご存じですか？」

祐希「何をですか？」

弁護士「逮捕された息子さん。持病が悪化して、勾留執行が停止になったそうなんですが――。入院先の病院から、逃亡したらしいんです」
祐希「(驚き)え」
弁護士「今、神奈川県警が緊急配備して、捜しているようです」
祐希「——」

横浜市立・横浜みなと総合病院・外観

同・カンファレンスルーム

貴志が、待っている。
そこへ、入ってくる渡辺刑事。
渡辺刑事「すみません先生。お忙しいところ」
貴志「いえ」
貴志「では、まだ野木さんの行方はわからないんですね」
渡辺刑事「病院内の防犯カメラには、早朝、通用口から出て行く野木の姿は映っていたんですが、その後の足取りがつかめません」
貴志「——」
渡辺刑事、手帳のメモを見つつ
渡辺刑事「先生。野木は胆嚢癌ですよね」
貴志「はい」
渡辺刑事「主治医として、先生のご意見をお聞きしたいんですが。野木はあの体で、ひとりで逃げられるものでしょうか」
貴志「え?」
渡辺刑事「吐血で緊急入院したばかりの男が、歩くのもやっとなんじゃないかと」
貴志「確かにおっしゃる通り、内視鏡での処置をしていますし、貧血を起こしている可能性もありますし、そう遠くへ行けるとは思えません。ただ、乗り物を使えば、ギリギリ動けるかもしれません」

渡辺刑事「誰かが一緒だったとしたら?」
貴志「(内心ドキリとするが)介助があれば、ひとりよりは移動は楽でしょうね」
渡辺刑事「なるほど。ありがとうございます」
貴志「では、僕はこれで」
と、去ろうとする貴志に
渡辺刑事「先生。プライベートのことで恐縮ですが、先生は、西村検事と婚約されているそうですね」
貴志「(振り向き)あ。ハイ」
渡辺刑事「西村検事、今日は、病欠だそうですが、よろしくお伝えください。いつもお世話になってるんで」
貴志「(ほほえみ)わかりました」

同・廊下

部屋を出て、歩く貴志。
携帯を取り出し、『奏』を検索しようとして。
視線に気づき、顔を上げる。
貴志「――」
貴志の様子を見ている渡辺刑事。
貴志「(咄嗟に携帯を仕舞う)」
渡辺「(会釈し、去る)」
貴志「――」

知美のマンション

知美と祐希。(希実は風呂に入っている)
知美「かなでとマサキが一緒にいる? どうして」
祐希「だから――今日、面接の時にマサキのこと聞いて、慌ててかなでに電話したら、電源切ってるし。支部にかけたら、休んでるって」
知美「(驚き)なにそれ」

希実の声「ねえ、おかあさ〜ん。石鹸がない〜」
知美「お母さんのボディシャンプー、使いなさい！」
希実の声「いいの？」
知美「いいよっ！」
と、言ってから、声を潜め
知美「——勾留執行停止って、よっぽどのことだよね」
祐希「(うなずく) かなりの重病だと思う」
知美。祐希。
黙りこんでしまう。
知美「(ぽつり) なにやってんのよ」
祐希「え」
知美「(怒りながらも、泣きそうに) ほんとになにやってんのよ。まったく！　あのふたりは——」
祐希「まさか——死んだりしないよな」
知美「なんでそういうこと言うの！」
祐希「——ごめん。でも」
知美「もう誰も失いたくないから。——もうイヤだから」
知美の携帯が鳴る。
祐希「トモ。鳴ってる」
知美「え。(と、気づき) ——ハイ」
祐希「——」

同・玄関

知美がドアを開けると。立っている貴志。
貴志「夜分に申し訳ありません」
知美「あ。いえ」
貴志「実は、かなでのことでお聞きしたいことが——」
知美「——」

長野・星の見える高台

日は暮れ、夜になっている。
闇の中。
高台の駐車スペースに、一台の車（レンタカー）が停まっている。

同・車の中

奏と真樹が並んで座っている。
運転席には奏。助手席に真樹。
（十二年前とは逆の席だ）

真樹「逆だな」
奏「――？」
真樹「だから、あの時と」
奏「そうだね」

回想（1話）

誰もいない高台に車を停め、雨が止むのを待っている奏と真樹。

奏「（知美からのメールを見て）やっぱり、中止だって花火。カオリもユウキも来ないって」
真樹「そう」
奏「どうする？」
真樹「もう少しここにいる？」
奏「え。なんで」
真樹「花火の代わりに――」

高台・車の中

奏「消すよ」
真樹「うん」

ヘッドライトを消す奏。
夜空に満天の星が浮かび上がる。
ふたり。
あの頃のように星空を見つめる――。

奏N「――空も星も闇も同じだった

奏「――」
真樹「――」

回想（1話）

奏「――初めて。こんな星空見たの」
真樹「オレも初めて。（わざと真似して）こんな星空見たの」
奏「――（もう！）じゃなんで、ここ知ってるの」
真樹「ぐうぜん」
奏「うそ」
真樹「（ちょっと笑う）」
奏「ライトまで消しちゃ（って）」
と、言いかけた時。
不意に真樹がキスしてくる。
奏「（小さく）あ」
眼鏡が顔に当たってしまう。
真樹「（黙ったまま、奏の眼鏡を取る）」
もう一度キス。
真樹「かなで。好き」
奏「――」

高台・車の中

奏N「――でも。違っているのは、私が運転席に座っていることだけじゃない――」
真樹「――」
奏N「――私たちは、すでに三十五歳で。逃亡した被疑者と、その担当検事」
真樹。奏。
奏「よかった」
真樹「？」
奏「何も見えなかったら、どうしようかと思ってた」
真樹「そんなこと考えてたんだ」

奏「（小さくうなずく）」
真樹「逃げてんのに？」
奏「（ちょっと笑う）」
真樹「つかまるとか、考えなかった？」
奏「かんがえたの？」
真樹「かんがえない。オレが、考えるわけないじゃん」
奏「マサキといると、マサキのばかがうつる」
真樹「ひでえ」

ふたり。星を見る。
奏。指輪をしていない左手を。
そっと、真樹の右手に重ねる。

真樹「（ちょっと驚く）」
奏「――」

真樹、奏の手をにぎる。
手をつなぐふたり。

真樹「夢がかなった」
奏「わたし、も」
真樹「ホントに？　オレ、かなでの人生まで、めちゃめちゃにしてる」
奏「（苦笑する）」
真樹「何わらってんの。余裕だな」
奏「余裕なんかないよ。笑うしかないから」
真樹「――」
奏「マサキ言ったよね。人生で一番幸せだったのは、あの頃って」
真樹「うん」
奏「私もそう。あの頃が一番幸せだった」

フラッシュ（1話回想・つづき）

・キスする奏と真樹
・奏のカーディガンをそっと脱がし、その首元に口づけする真樹
・奏、戸惑いながらも――抗わない

奏「短かったけど」
真樹「――」
奏「まばたきするくらい、一瞬で終わっちゃったけど」
真樹「――」
奏「でも、たからもの」
真樹「――」
奏「だから――」
真樹「――」
奏「今だけこうしてて」
　真樹、奏の手を握り直し、
真樹「かなでと一緒なら、死んでもいいな」
奏「――?」
真樹「このまま死にたい」
奏「ばかなこと言っちゃダメ」
真樹「ばかなこと?　誰でもいつかは死ぬのに」
奏「――」

真樹「死んだらお星さまになるって、教わんなかった?　子どものころ」
奏「(首を振る)」
真樹「オレは言われた」
奏「誰に?」
真樹「(答えない)」
奏「ねえ、マサキ――誰に」
　真樹の手から力が抜け、奏の手をはなす。
奏「(驚き、真樹の方を見る!)」
　真樹は目をつぶっている。
　一瞬。死んでしまったのではないかと思う。
奏「――」
　が、真樹、静かに寝息をたてている。
奏「(ホッとする)――」
　奏。
　真樹と手をつなぎ直し、自分も目を閉じ

る。

奏「――」

真樹の手のぬくもりを感じながら。

同・夜明け

長野の山々。野鳥の声。

駐車スペースに昨夜のまま停まっているレンタカー。

人影はなく、他に停まっている車もない。

奏が、ペットボトルの水を二本持ち、小走りに車へ。

開いている窓から、そっと車の中を覗き込む。

まだ眠っている真樹。

奏「――」

その顔を、見つめる。

真樹、ふいに目を開け

真樹「あ。まだ生きてた」

奏「やめて」

真樹「(なぜか、うれしそうに微笑む)」

同・車の外

駐車スペースの柵に座っている奏と真樹。

真樹「こんなにぐっすり眠ったの、久しぶり」

奏「そう」

真樹「かなでが、いてくれたからかな」

奏「マサキ。ホントは、一日も気が休まる日がなかったんじゃない?」

真樹「――」

奏「カオリが死んじゃった日から」

真樹「(図星だが)――なんで」

奏「マサキは、そういう人だから」

真樹「――」

奏「普通の人なら、蓋をして、忘れたふりをするようなこと。ずっと気にして」
真樹「――そんなことないよ」
奏「（かまわず）ズルくも、うまくも立ち回れなくて」
真樹「そんなことないって。オレは――」
奏「だから海外にまで行って、ボランティアをして。あげくに、体を壊して」
真樹「――」
奏「マサキ。聞いてほしいことがあるの」
真樹「――何」
奏N――私の中には、ひとつの決意があった
奏「――」
真樹「――」
奏N――もしも、私が検事の職を追われたとしても――。私はマサキを救わなければ。真実をつきとめなければ
奏「マサキ、何かを隠してるよね」
真樹「――（黙ったまま）」

横浜地検・中央支部・支部長室

大畑、加地。

加地「（携帯を切り）携帯、まだ通じません」
大畑「――」
加地「支部長。いいんですか？　もしも二人が一緒にいたら、大変なことになるんじゃ」
大畑「でも、婚約者のドクターは、家で休んでいると、はっきりそう言った」
加地「――」
大畑「病欠の検事の自宅に、勝手に押しかけるわけにもいかないし。まあ、あなたがそうしたいって言うなら。どうぞ、と言うしかないけれど」
加地「でも、もし警察が踏み込んだら」
大畑「その時は、私のクビが飛ぶくらいかしら」

加地「支部長」
大畑「大丈夫よ。事務官のあなたにまで害は及ばないから」
加地「別に、そういうことでは」
と。大畑の携帯が鳴る。
大畑。表示を見る。『西村奏』。奏からだ。
大畑「（動ぜず、出て）ハイ。――そう。――そう。それであなた今、どこにいるの」
加地「――」
（内容はオフ。「野木真樹を確保しました。今から警察へ連絡お願いできないでしょうか？」「長野の松本にいます」）
大畑「わかった。横浜南署には、私の方からも伝えておく」
と、電話を切り、加地を見て
大畑「西村検事が、長野県で野木真樹の身柄を確保したそうよ」
加地「え」
大畑「どうやら熱は下がったようね」
加地「――。すぐに勾留場所の手配をします」
出て行く加地。
ひとりになった大畑、溜息をつく。
大畑「――」
携帯のメール履歴を検索し、見る。
それから、ニヤッと笑い、
大畑「とんでもないわね。辻英介の娘は」
そこには。
（長距離バスから送って来た）奏からのメール。
『一日だけ猶予をください。真実を見つけてきます』
大畑「――（メールを削除する）」

長野・星の見える高台

奏と真樹。

真樹「かなで。最初からオレを、連れ戻す気だったの」

奏「だって。私はまだ、マサキから本当のことを聞いていない」

真樹「――」

奏「マサキは放火なんかしてない――。そうよね?」

真樹「なんで、そこまでこだわるの」

奏「真実をつきとめるのが、私の仕事だから」

真樹「オレがやった――って、言っても?」

奏「それが、真実でないなら」

真樹。ぽつりと

真樹「――真実か」

奏「え」

真樹「なあ、かなで。真実って何」

奏「――」

やがて。遠くから――

かすかに、パトカーのサイレンの音が聞こえてくる。

長野県警のパトカーだ。

真樹「オレまた、手錠かけられるのかな」

奏「――」

真樹「かけられるなら、かなでに、がいいな」

奏「やめて」

真樹「(真似して) やめて。バカなこと言わないで」

奏「――」

真樹「オレ、いっつも、かなでに怒られてばっかだな」

奏「――」

奏、真樹の目を見ずに。小さく――

奏「マサキ。死なないで」

真樹「――え」
奏「おねがい。約束して。もういなくならないで」
真樹「それだけは、約束できないかも」
奏「ダメ。約束して」
真樹「――」
奏「約束して」
答えない真樹。
奏「――」
パトカーのサイレンが近づいてくる。

長野県警・パトカー

手錠をかけられ、乗り込む真樹。
その横に。奏。
真樹「――（つぶやく）ぜったいはなれない、てのつなぎかた」
奏「?（と、真樹を見る）」
真樹「てじょう」
奏「（ハッと思い出す）」

フラッシュ（1話S #14より）

・「絶対離れない手のつなぎ方って知ってる?」
・「――手錠をかける。とか」と答えた奏
真樹「（にやっと笑う）」
奏「――」
パトカー。発車して。

横浜地検・中央支部・外観

同・支部長室

大畑を前に、奏。
大畑「随分なお手柄ね。西村検事」

奏「申し訳ありません」
大畑「あら。褒めてるのよ。たったひとりで、逃亡した被疑者を確保したんだから」
奏「――」
大畑「野木真樹は、治療を拒否してるんですって?」
奏「はい。一日病院で体調を確認し、留置場へ入れる予定です」

横浜市立・横浜みなと総合病院・廊下

看護師Aに車椅子を押され、来る真樹。
すると、診察室の前で、貴志が待っている。

真樹「――」
貴志「――」
真樹「(気まずそうに、ちょっと頭を下げる)」
貴志、様々な思いがこみ上げるが――
貴志「(抑えて)どうぞ。――どこか、具合の悪いところはありませんか」
真樹「――いえ。大丈夫です」
真樹、診察室の中へ。

横浜地検・中央支部・支部長室

大畑「手術が必要なんじゃないの」
奏「医師はすぐにでも手術すべきだと――」
大畑「なるほど」
奏「支部長。やはり野木真樹は、放火はしていないと思います」
大畑「その根拠は? 自供は取れたの?」
奏「――いえ」
大畑「だったら、証拠を揃えるしかない。火元の再確認と目撃証言の追跡。捜査を続行して」
奏「ハイ」

同・廊下・隅（目立たない場所で）

　ガラケーで、ショートメールを打っている加地。

加地「――」

『捜査は続行。ＮＭは留置場です』

打ち終え、すぐに削除する。

そして、歩き出そうとすると。

大畑が、いつの間にか立っている。

加地「（内心の動揺。だが）おつかれさまです」

大畑「今時ガラケーとは。珍しいこと」

　と、つぶやき去る。

加地「――」

救急病院・ＩＣＵ・前

　例の男（議員秘書）が来ている。

　加地からのメールを読み、削除する。

男「――」

　そして、歩き出す。

同・内

　いまだに意識がない野木。

野木「――」

奏のマンション・前

　自宅の窓を見上げる奏。

奏「――」

　電気は、ついていない。

同・部屋

　玄関の鍵を開け、そっと中へ入る奏。

奏「――」

　明かりをつけ、部屋を見回す。

　貴志は、まだ帰っていないようだ。

奏「――」

疲労が押し寄せ寝室のベッドに、座り込む。

改めて、携帯の履歴を確認する。

『加地』『貴志』『ユウキ』『トモ』から複数回。

トモからのメッセージ。『どこにいるの？心配しています。連絡ちょうだい』

奏「――」

知美に電話をかける奏。

するといきなり！

知美の声「なにやってんのかなで！！！　どこにいるの！　マサキも一緒なんでしょう」

奏「え。どうして。誰に聞いたの」

知美のマンション／奏のマンション

以下、適宜奏とカットバックで――。
知美「聞いたも何も。貴志さん――。うちに来た」
奏「え」
知美「かなでのこと心配して。心当たりはないかって」
奏「――」
知美「たぶん――。かなでと、マサキは一緒だろうって」
奏「――。ごめんね。迷惑かけて。マサキは連れ戻した、私も今、家に戻った（ところ）」
と、言いかけ凍り付く奏。
一切の音が消え、知美の声も聞こえなくなる――
奏「――」
奏の目線の先に。サイドテーブルの上のメモ。
貴志の字で。
『しばらく家を出ます。別れよう』

その横に、奏の置いていった婚約指輪。

奏「――」

奏N――こうなることは、初めからわかっていたはずなのに

奏、体が動かない。

奏N――その覚悟で、出て行ったはずなのに

メモを取る指が震える。

奏「――」

奏N――許してなど――くれるわけないのに

横浜地検・中央支部（翌日）

同・奏の執務室

ノックの音がし、渡辺刑事が入ってくる。

奏「お疲れさまです」

渡辺刑事「お疲れさまです。野木の確保には感謝します」

奏「いえ。野木真樹の健康状態は」

渡辺刑事「今のところ大きな変化はないようです」

奏「急変等ありましたら、病院の方へ搬送お願いします」

渡辺刑事「わかりました」

奏「では、始めましょう」

渡辺刑事「はい」

渡辺刑事とともに、放火事件の確認をする奏。

渡辺刑事、捜査書類、間取り図、鑑識写真等を見せながら

渡辺刑事「再度鑑識に確認したところ、やはり放火事件の出火元は、野木邸のガレージ脇の（野木邸の間取り図を見せ）この部分。ポリタンクの燃え残りが見つかったあたりで、その周辺からはガ

ソリンの成分が検出されています」
奏「家のリビングでカーテンに火がついたという野木真樹の供述とは、食い違っていますよね」
渡辺刑事「ハイ」
奏「その後、不審な男の目撃情報は？」
渡辺刑事「野木邸の防犯カメラは火事で焼失し、データは残っていなかったので、今、うちの方で近隣の防犯カメラをあたっています」
奏「――そうですか」
渡辺刑事「野木真樹の勾留は、結局あと何日になるんですか」
奏「延長を入れて十二日です」
渡辺刑事「上の決裁を考えると、あと一週間の勝負ですね」
奏「――」

野木邸周辺・住宅街（奏の聞き込み）

目撃者の若い女性に話を聞く奏。
若い女性「刑事さんにも聞かれたんですけど、暗くてよく見えなかったんです。でもたぶん、男性でした」
奏「何歳くらいでした？」
若い女性「さあ。誰かが〝何してるんだ！〟って、どなったんです。それで、逃げて行ったような感じで」
奏「どちらの方向へ」
若い女性「野木さんの家の方から、向こうへ」

近隣の上品で裕福そうな男性。
中年男性「火事だ！　って、声が聞こえて、驚いて外へ出たら、男が、逃げて行きまして」
奏「この人ですか？（と、真樹の写真を見せる）」

中年男性「いや。どうでしょうか。スーツを着ていたようにも思うんですが」
奏「スーツを着ていた」
中年男性「はい」
奏「ありがとうございます」

奏、次の家に向かう。

奏「――」

横浜南警察署・会議室

近隣の防犯カメラの映像を見直す奏。

奏「――」

何度も繰り返し見ている。

渡辺刑事「（来て）どうですか」
奏「やはり、それらしき男は映っていません。ちょうど野木邸のガレージ付近が、どの家の防犯カメラからも死角になっていて」
渡辺刑事「そうですよね。あ、これどうぞ」

と、栄養ドリンク。

奏「ありがとうございます。（と頭を下げ、ドリンクを受け取り）何度見ても、宅配便のトラックが、映ってるばかりで。たぶん、このあたりを回っている宅配便」

と、言いかけ、何かに気づく奏！

奏「渡辺刑事。宅配便の車には、ドライブレコーダーがついていますよね？」
渡辺刑事「はい。全車に搭載されていると」
奏「トラックのナンバーと会社名！　わかりますか？　運転手の特定もお願いします！」

横浜南警察署・留置場

座っている真樹。

真樹「――」
留置係・制服警官「差し入れだよ。弁護士の梅田祐希先生から」
衣類などを渡す。
真樹「どうも」
留置係・制服警官「接見は断っていいいんだな」
真樹「――はい」

同・正面玄関前

一人帰っていく祐希。
祐希「――」

横浜地検・中央支部・奏の執務室（翌日）

奏と加地のところへ、渡辺刑事が来たところ。

渡辺刑事、ドライブレコーダーの画像を見せ、
渡辺刑事「ドライブレコーダーに映ってました！この男じゃないでしょうか。九月一日午後十時六分。火事のおきた直後です。目撃証言と服装、容姿も一致します」

奏、データ画像を覗き込む。

スーツを着た男の姿が、暗がりの中に映っている。

（だが、映像は鮮明ではない）

加地「でも、これだと、ちょっと顔がわかりにくいですよね」

渡辺刑事「今、科捜研に画像の鮮明化処理を依頼しています」

奏「もう少し、アップにしてもらえますか」

渡辺刑事「はい」

画像、アップになる。

奏「――」

映像を見て、驚く。（誰が映っているかはオフ）

知美のマンション・エントランス

入って行く女の足。

女の手「（チャイムを押す）」

同・玄関

ドアを開ける知美。

奏が立っている。

知美「入って」

奏「（躊躇し）うん」

知美「どうしたの。どうぞ」

奏「ユウキいる？」

知美「いるけど」

祐希が出てくる。

祐希「かなで」

奏「トモ。ごめんね。——これは、私が聞かなきゃいけないことだから、聞くね」

知美「——（意味がよくわからず）」

奏「ユウキ。あの日、野木先生の家が火事になった日。あの家の前の道で、何をしてた？」

驚く知美。祐希の顔を見る。

祐希「（蒼白な顔で、立っている）——」

奏「宅配便のトラックのドライブレコーダーに、ユウキが映ってた」

奏、画像を見せ、

奏「ユウキだよね」

祐希。凍りついたまま。

祐希「——」

知美「ユウキ。どういうこと」

祐希「マサキは——かばったんだ。オレを」

奏「——」

祐希「——」

フラッシュ（新規）

・火事現場。燃えさかる炎

・「火事だ」などという声と共に、逃げてくる祐希
・真樹を見て、凍り付く

祐希「マサキ。オレ――」
真樹「――（咄嗟に）いいから、お前は行け！」
祐希「でも」
真樹「（遮り）早く行け！」
後ずさりしながらも、走り去る祐希。
祐希「オレをかばって――」
その時。希実の声、
希実の声「ねえどうしたの。お客さん？」
パジャマ姿で立っている希実。
知美。祐希。奏。
凍り付き、立ち尽くす――
知美「――」
祐希「――」
奏「――」

救急病院・ICU

酸素マスクにつながれた野木。
野木「――」
点滴を取り換えている看護師C。
野木の指が、かすかに動く。
看護師C「（そのことに気づかずに、点滴交換し）」
行こうとする。
野木の瞼が動き、静かに目を開ける。
野木「（かすれた声で）――あの」
看護師C「（驚き振り向く）」
野木「――あの」

つづく

第 8 話

Destiny *episode:8*

7話のリフレイン

知美のマンション・リビング（7話）

奏「ユウキ。あの日、野木先生の家が火事になった日。あの家の前の道で、何をしてた？」

驚く知美。祐希の顔をみる。

祐希「（蒼白な顔で、立っている）――」

奏「ドライブレコーダーに、ユウキが映ってた」

奏、画像を見せ

奏「ユウキだよね」

祐希。凍りついたまま。

祐希「――」

知美「ユウキ。どういうこと」

祐希「マサキは――かばったんだ。オレを」

奏「――」

祐希「オレをかばって――」

その時。希実の声。

希実の声「ねえどうしたの。お客さん？」

パジャマ姿で立っている希実。

奏。知美。祐希。

凍り付き、立ち尽くす――

タイトル

知美のマンション・リビング（7話のつづき）

知美「（奏と祐希に）じゃ、行って来るから」

祐希「（うなずく）」

奏「ごめんね。希実くん。パパとお話があるから」

希実「いえ。どうぞごゆっくり」

奏、知美、苦笑することもできず――

知美「（奏に）じゃあ」

奏「うん」

祐希「――」

リビングを出て行く知美と希実。
パタンとドアが閉まる。
奏。祐希。

同・マンション・表

希実とともに出て行く知美。
知美「どこ行く？　ファミレスが、いっか？」
希実「え。いいの。歯磨いちゃったのに」
知美「いいよ。（と、やさしくほほえみ、歩き出す）」
が、不安が押し寄せ――
知美「――（マンションを振り返る）」

同・リビング

奏「野木先生に、就職先を紹介してもらった？」
祐希「恥ずかしい話なんだけど――。オレ、前の事務所でリストラ候補になって」
奏「――（驚く）」
祐希「それで、なんとかしなきゃって思って受けた、弁護士会のセミナーで」

フラッシュ（5話S#58より）

・「梅田祐希先生ですか。アトレ法律事務所の」
・「あ。ハイ」
祐希の声「今考えると、オレが参加するのを知ってたのかもしれない。それで、マサキのこと色々聞かれて」

フラッシュ（5話より）

・「マサキから、何か聞いていることはありませんか」
・「たとえば、西村奏さんのお父さん。辻英介さんについて」

祐希「かなでのお父さんのことは、すごく気にしてる様子だった」

奏「――」

祐希「オレのリストラのことも知ってて」

フラッシュ（5話より）

・「失礼かと存じますが、梅田先生が最近色々ご苦労なさっているとお聞きしています」

・「私でよければ、力になりますが」

祐希「でも、そのあと、野木先生からは、プッツリ連絡が来なくなって。こっちから、何度連絡しても返事もなくて。就職のことは、口だけだったんだ――って」

奏「――」

祐希「けど、事務所クビになって。次の仕事先も全然決まらないし。なんかもう、ものすごく焦って――」

奏「――それで？」

祐希「どうしてもあきらめきれなくて――。あの日、野木先生の家へ行った」

奏「野木先生の家へ？」

祐希「家なら、会ってもらえるかと思って」

奏「――」

回想・野木邸・門前（新規）

チャイムの音。

祐希「（インターホンに）夜分すみません。私、弁護士の梅田と申しますが、野木先生はご在宅――」

野木の声「私です」

祐希「野木先生！　梅田です！　先ほどもお電話差し上げたんですが、お返事がなかったので。失礼は承知ですが、なんとか少しだけでもお話しさせていただきたくて。先日の就職のことですが」

野木の声「（遮り）すみません。今、来客中なので」

祐希「では、いつでしたら」

野木の声「こちらからご連絡します」

　と、インターホンを切られてしまう。

祐希「――」

　祐希。唖然とし、もう一度チャイムを押そうかどうか迷うが――。

　やめる。そして、歩き出す。

祐希の声「来客中なんて。オレのことが面倒だから、嘘をついてるんだと思った」

知美のマンション・リビング

奏「――」

祐希「もちろん、自分のしてることが、常識外れだってことは、わかってた」

回想・野木邸周辺（新規）

祐希の声「けど、そのまま帰る気にもなれなくて、あのあたりをブラブラして」

　公園のベンチに座り込む祐希。

祐希「――」

祐希の声「そもそも、オレは弁護士とかむいてないんだよな。って、そんなとこまで遡っちゃって」

知美のマンション・リビング

奏「そんなことないよ。司法試験だってちゃんと受かったんだし」

祐希「あの時だけは、死にものぐるいだったから」

奏「――」

祐希「ロースクールの時に、希実ができて、結婚することになって。トモ、司法試験諦めるって言いだして」

奏「――」

フラッシュ

・祐希の声「あんなに一生懸命勉強してたのに」

・講義を受けている知美（1話より）

・図書館で勉強している知美

・祐希の声「オレなんかより、めっちゃ優秀で。一発合格間違いなしだったのに」

・「お願いたのむよ。貸してノート」（4話より）

・「え。やだよ。だって出てたでしょ。授業」

・「もう、試験前になると寄ってくるんだから！」

・皆で知美を拉致するようにカフェテリアへ

祐希「オレ――もともと、人のもめごととか苦手だし。この仕事してると、神経すり減って、すっごい疲れるし。でも、トモと希実のためにって。自分ふるい立たせて――。もう一度野木先生の家へ行った」

奏「戻ったの」

祐希「（うなずく）」

回想・野木邸周辺（新規）

家の周りをウロウロしている祐希。

中を覗いてみたりする。

祐希「――」

通行人にもジロジロ見られる祐希。
それとなく、ごまかす。
祐希の声「何してんだオレ。まるで泥棒じゃん——。自分でもヤバイなって、思ってた時」
その時！
男の声「火事だ!!」
驚き振り向く祐希。
すると、野木邸が燃えている！
祐希「(呆然とその様子を見つめる)——」
近隣の人々のざわめき。家から出てくる人の姿も。
と、近所の住人らしき男が、祐希を見て！
男「おい！　何してるんだ！」
祐希「!?」
祐希、慌ててその場から逃げ、走り出す！
男の声「待ちなさい！」
祐希「(逃げる！)」
全速力で走る祐希！　走る！
すると、目の前に真樹の姿が——。
真樹もまた、呆然と、燃えている野木邸を見ている。
真樹「——」
祐希「(驚き) マサキ」
真樹「(その声に振り向く) ——」
祐希「——」
真樹「ユウキ——お前」
祐希「ちがう——ちがうんだ。マサキ。オレ——」
真樹「(咄嗟に) いいから、お前は行け！」
祐希「でも」
真樹「(遮り) 早く行けっ！」
後ずさりしながらも、走り去る祐希。
祐希の声「ああ。オレ、マサキにまで疑われてるんだって。ホント情けなかったけど。必死に逃げた。——人生最速かよって速さで。そんなこと自慢にも何にもならないけど。——必死で」

走りながら、涙がこぼれる祐希。

知美のマンション・リビング

祐希「次の日。ニュースで、マサキが逮捕されたことを知った」

フラッシュ（6話より）

・野木邸前から中継する記者の様子

・「どういうこと？ 放火って」

・黙ったままの祐希

奏「じゃあ。ユウキは、たまたまそこにいただけで。火事とは関係ないってこと？」

祐希「オレじゃない——。神に誓って、やってない」

奏「それをマサキが、かばって——」

祐希「（うなずく）」

奏「どうして、そのことを言わなかったの。トモにも？」

祐希「言おうと思ったよ。何度も——。だけどその時」

フラッシュ（6話・S#25より）

・「トモ。オレさ——」

・と、祐希が言いかけた時メールが入る

・メールを見た祐希

・「ウソ。国際文化法律事務所が面接してくれるって」

・「すごい。すごいじゃない！」と喜ぶ知美

祐希「野木先生が、実は事務所探してくれてたことがわかって――。そのことを、トモもめちゃくちゃ喜んで」

奏「――言えなくなったの」

祐希「（うなずく）マサキには、ホントに――すまないって思ったけど」

奏「――」

祐希「この状況で、警察に本当のことを話したとしても、オレの証言には何の裏づけもないわけだし。潔白を証明することもできない――」

奏「――」

祐希「もしも逮捕されたら、それこそ、トモや希実にも――って思ったら。すごく怖くなって」

奏「――だけど、それでマサキは勾留されてるんだよ。あんな体で」

祐希「ごめん。かなで。本当に――ごめん」

奏「あやまるのは、私じゃないよ」

祐希「――自分の弱さが、情けない」

ファミレス

知美「どうしたの。食べないの」

　　せっかくのケーキに口をつけない希実。

希実「ねえ、お父さんてなんかヤバイの」

知美「何言ってんの。そんなことないよ」

　　希実。黙ってしまう。

希実「オレは何があっても、お父さんとお母さんの味方だから」

知美「え」

希実「お母さんのことは、オレが守るから」

　　知美、胸がいっぱいになり――

知美「大丈夫よ。心配することなんか、何もないから」

知美のマンション・リビング

祐希「(ぽつりと) オレ、出頭するよ」
奏「(うなずき) ――うん」
祐希「かなで」
奏「――何?」
祐希「もしも、オレに万が一のことがあったら、トモと希実をたのむね」
奏「大丈夫だよ」
祐希「――けど」
奏「ユウキ。私はトモダチとして、ユウキが話してくれたことは信じる」
祐希「――」
奏「でもね。検事だから、それを鵜呑みにするわけにはいかない」
祐希「(ちょっとうなずく)」
奏「私にできることは、真実を見つけだすこと。――二人の無実を証明するためにも」
祐希「――」
奏「必ず、やってみせるから」

同・周辺・朝の風景（翌朝）

マンションを出て行く祐希。
送り出す知美。

知美「――(心配そうに)」

横浜南警察署

奏N――翌朝、ユウキは横浜南署へ出頭した
出頭する祐希。

救急病院・野木の個室

朦朧とした意識の中。ぼんやりと、棚に飾られている花を見ている野木。豪華なユリ（カサブランカ）である。

野木「――」

同・廊下

担当医と話をしている奏。

奏「ではまだ、話ができるような状態ではないんですね」

担当医「残念ながら。ただ、経過は悪くありませんので」

奏「そうですか」

担当医「あの状態から覚醒しただけでも、強運と言っていいと思います」

そのすぐ横を——。

——スーツ姿の男が通り過ぎる。（議員秘書だが、顔はわからない）

奏「（見るとはなしに、去って行く男の背中を見る）——」

横浜地検・中央支部・支部長室

大畑「じゃあまだ、野木浩一郎の面会は無理なのね」

奏「はい。出火当時の状況を、唯一知っている人物ではあるんですが」

大畑「出頭した梅田祐希は？」

奏「野木真樹は放火していない。自分をかばってウソをついていると言っています」

と、警察からの供述調書を見せる。

大畑「でも、梅田本人も、放火は否認している」

奏「ハイ」

大畑「野木真樹の取り調べは？」

奏「これからです」

大畑「体調は？」

奏「今のところ、急な病状の変化はありません。ただ——治療が必要なのは確かです」

大畑「なるほど」

と、何かを考えて——。

同・取調室（同日・午後）

奏が、書類を見直している。傍らには加地。

ノックの音がして。ドアが開く。

押送警察官とともに、取調室に入ってくる真樹。

迎える奏。

奏「――」

真樹「――」

奏N――あの日以来、初めてマサキの姿を見た

真樹「――」

奏N――私たちは、また検事と被疑者に戻った

奏「――どうぞ。かけてください」

真樹「（椅子に腰かける）」

加地、そんな二人をちらっと見る。

奏「梅田祐希弁護士が、今朝、横浜南署へ出頭しました」

真樹「（内心の驚き）――」

奏「参考人として、今後も署へ出向いてもらう予定ですが――。梅田祐希は、放火はしていないと供述しています」

真樹「（驚き、思わず）え」

奏、調書を確認しながら

奏「梅田は、あなたのお父さん野木浩一郎弁護士に、仕事を紹介してもらう約束をしていた」

真樹「――」

奏「が、返事がないため、火事が起きた当日夜、野木邸を訪れたと言っています。が、お父さんは、来客中と梅田の訪問を断った。その時あなたは、野木邸にいましたか？」

真樹「――（答えない）」

真樹の回想・（新規）　野木邸・リビング・放火当夜

チャイムの音に、振り向く野木。

真樹も見る。

野木「（インターホンに出て）ハイ」

祐希の声「夜分すみません。私、弁護士の梅田と申しますが、野木先生はご在宅――」

祐希の声に驚く真樹。

真樹「――」

フラッシュ（5話より）

・土手で会った祐希

・「親父に会った？　どこで」

・「弁護士会のセミナー」

・「マサキの連絡先、知りたいって言われて」等

祐希の声「野木先生！　梅田です！　先ほどもお電話差し上げたんですが、お返事がなかったので。失礼は承知ですが、なんとか少しだけでもお話しさせていただきたくて。先日の就職のことですが」

野木の声「（遮り）すみません。今、来客中なので」

祐希「では、いつでしたら」

野木の声「こちらからご連絡します」

と、インターホンを切る。

真樹「――」

真樹「ユウキにオレの連絡先を聞いたそうですね」

野木「――」

真樹「就職ってなんですか。あんた、ユウキから何を聞きだそうとしてるんですか。オレが話したいと言っても、相手にもしなかったのに」

フラッシュ（2話より）

・裁判所ロビー

・「お前に話すことは何もないよ」

・「くだらない詮索をするのはやめろ」

・金を投げつける真樹

野木「いいか真樹。このことにはもう首をつっこむな」

真樹「どういう意味ですか」

野木「彼はオレに仕事を紹介してほしいと言ってきた」

真樹「ユウキが――あなたに？」

野木「梅田先生には、それ相応の、いや相応以上の事務所を紹介するつもりだ」

真樹「――」

野木「それにしても、お前の友達は変わったのが多いな。こんな夜中に突然押しかけてくるなんて」

真樹「――」

野木「三十も過ぎて、皆幼稚で世間知らずだ。お前も――。梅田先生も、検事の西村奏も――」

真樹「――」

野木「及川カオリという子もそうだった。事務所まで押しかけて来て――」

真樹「（思わず！）俺のトモダチを悪く言うなっ!! カオリも、かなでも――あんたの、あの事件のことで」

野木「――」

真樹「あんなことがなかったら、カオリは事故にあうことも」

野木「それが幼稚だと言ってるんだ」

真樹「――」

野木「友人が亡くなったのは痛ましいことだ。だが、そのことと、私と何の関係がある。冷静になって考えてみろ。あの事故は、彼女のからまわりだ。お前だってそうだ。お前は助手席に乗っていただけだ」

真樹「――」

野木「真樹。少しは大人になれ。お前は、本来ならこの家を継ぐはずの人間だった。どこでどう間違えて、こんなことになったのか」

真樹「――」

野木「ボイスレコーダーのこともだ。いいか。もう一度言う。これ以上この件にクビをつっこむな。お前が何かしたところで」

真樹「うるさい！！　オレには、もう（静かな口調で）――時間がないんだ」

野木「――どういうことだ」

真樹「（それには答えず）オレは、あんたみたいにはなりたくなかった。ただそれだけだ」

横浜地検・中央支部・取調室

真樹「――」

奏「野木さん、聞いていますか?」

真樹。ぽつりと

真樹「そうか。ユウキは放火なんかしてなかったんだ――」

ホッとし、少しうれしそうに笑う真樹。

奏「野木さん?」

真樹「ユウキは、やってなかったんだ。そうか」

奏「そうと知らずに、あなたは梅田祐希をかばったんですか」

真樹「――」

奏「かばって、自分がやったとその場で警ら中の警察官に言い、現行犯逮捕された」

真樹「はい」

奏「――。もう一度確認します。あなたは、放火していないんですね」

真樹「はい」

奏「――なのに。どうしてそんなことを」

真樹「オレ、ばかなんで――。知ってるでしょう？　検事さんも。――オレ、ばかなんですよ」

笑う真樹。

真樹「ばかだけど。それが一番オレにとっては大事なことなんで」

奏「――」

奏。真樹。

無言で見つめ合う。

奏「――」

真樹「――」

奏。書類を整え――

奏「取り調べは以上です。――明日、あなたを釈放します」

真樹「（驚く）――」

奏「あなたの嫌疑について、すべてが晴れたわけではありません」

真樹「――」

奏「ですが、あなたは今、重い病を抱えています。入院を条件に釈放することは、裁判所からの決定も出ています」

真樹「――」

奏「今すぐ、病院へ行ってください」

横浜南警察署（翌日）

釈放された真樹が、ひとり出てくる。

そして、歩き出す。

真樹「――」

その様子を同じ警察署の廊下、階上から窓越しに見ている奏。

奏「――」

去って行く真樹の背中。

奏「――」
　奏。そっと、窓ガラスに触れる。
　その手が――。
　窓越しに見える、小さくなった真樹の背中に重なる。

奏のマンション・外観（夜）

同・部屋の中

　知美が来ている。
知美「釈放されたの？　マサキ。じゃあ、不起訴になったってこと？」
奏「釈放は入院を条件にね。でも、真犯人が特定されるまでは、今のまま処分保留」
知美「――」
奏「ユウキは？　どう？」
知美「何度も警察に呼び出されて、参ってる」
奏「――そう」
知美「でも、自業自得だって。今日は希実みてるから、かなでのとこ行ってくればって」
奏「――」
知美「それにしても。マサキが、ユウキをかばってたとはね」
奏「（うなずき）フツウは――自分の罪をごまかそうとして、嘘をつくのに」
知美「――ユウキもユウキだけど。野木先生の家に押しかけて。放火犯とまちがえられるなんて」
奏「――」
知美「どっちもどっち。ばかすぎる――」
奏「――」
知美「なにやってんだろ。あのふたり」
　と、言いながら切ない知美。
奏「ホント――。何やってんだろうね」
奏N――そういいながら、ふと思った。マサキは

もしかしたら、贖罪のつもりで、罪をかぶろうとしたのではないか。と

フラッシュ

・釈放され歩いて行く真樹の背中

奏N——彼は、自分の命が少ないことを予感して。だから、自分が罪をかぶれば、ユウキもトモも救われる

フラッシュ

・遠ざかる真樹の背中

奏N——それは、死んだカオリへの。仲間を失った私たちへの、そして。私と父への——贖罪

奏「——」

知美の声「かなでもだけどね」

奏「え」

知美「だから。マサキと急にいなくなったりして」

奏「——ばかは、私も同じか」

知美「——」

奏「今、首の皮一枚でつながって、検事やれてるのが不思議」

知美「かなで。知らなかったの」

奏「何を？」

知美「貴志さんが、隠してくれたんだよ。支部長から電話かかって来た時。〝病気で寝てる〟って、ごまかしてくれたんだよ」

奏「え」

知美「それで、なんとか収まったんじゃないの？」

奏「——」

知美「逃した魚は大きいと思うよ」

奏「わかってる。あんないい人——、どこにもいない」
知美「——」
奏「覆水盆に返らず」
知美「後悔先に立たず」
奏「後の祭り。か」
知美「大きすぎるよ。魚」
奏「世の中の人は、検事がこんなにおろかだってこと、知らないかもね」
知美「——」
奏「私もただの女の子で。好きな人のこととかで悩んでて。それで——」
知美「ねえ今、女の子って言った?」
奏「え。言った私?」
知美「うん。——よく言うよ」
奏「だね」
　ははは と、力なく笑うふたり。

奏「久しぶり。こんな風にゆっくりトモと話すの」
知美「うん」
奏「ねえ、今日泊まってって。ひとりじゃ、やりきれない」
知美「そこまで甘えるか」
奏「だめか」
知美「今、失業中で出頭中の夫と、子供抱えてるんだよ。かなでの面倒までみきれないよ」
奏「——こんな時カオリがいたらね」
知美「うん」
奏「三人で話せたのに」
知美「話せないけどね。こんなこと。話したらまた大騒ぎ」

過去のフラッシュ（1話）
・大学時代の奏、知美、カオリ

・はしゃぎながら話している三人の笑顔

奏「そっか」

知美「でも、少しは大人になったカオリに会いたかったな」

奏「うん——会いたかった」

横浜市立・横浜みなと総合病院・外科診察室

貴志と真樹が、今後の治療について話している。

緊張感ある対峙。

真樹「じゃあ、先生は——すぐに手術した方がいいと」

貴志「僕はそう思います」

真樹「しないと、どうなりますか」

貴志「十二指腸からの吐血は、癌の転移によるものです。十二指腸のほかにも胆管、肝臓にも転移がみられます。腫瘍は、まずは外科的に取り除くのが望ましいと思います」

真樹「しないと、死にますか」

貴志「断定はできませんが——何もしなければ、その可能性は高いです」

真樹。黙ってしまう——

それから、顔を上げ。

真樹「先生。ひとつ聞いてもいいですか」

貴志「何ですか」

真樹「どうして、オレを救おうとするんですか」

貴志「——」

真樹「だって、オレは、あなたの婚約者と逃げたんですよ」

貴志「——」

真樹「そんな奴、放っておけばいいじゃないですか。そうすれば、オレはあなたの前からいなくなる。すべてハッピーエンドでしょ」

貴志「そのことと――。君が僕の患者であることは、関係ありません」
真樹「――」
貴志「僕は医者として、あなたの治療を優先します」
真樹「――」
貴志「――」
――真樹。急にふっと笑い
真樹「そうか。オペするってことは、オレはあなたに命を預けるってことか」
貴志「――」
真樹「そうですよね。先生」
貴志「――野木さんの命は、僕が預かることになります」
真樹「――」
貴志「僕は、あなたを生かすことも殺すこともできる」
真樹「――」

横浜地検・中央支部・支部長室

大畑に報告をしている奏。
奏「警察からの報告によると、梅田祐希は、放火については、現在も否定しています」
大畑「梅田自身は、犯人らしき人物は目撃していないの？」
奏「不審な人物を見た覚えはないと言っています。気づいた時には、すでに野木邸から火がでていたと」
大畑「野木真樹も、放火については否定した」
奏「はい」
大畑「野木真樹は、自分がガソリンを撒いたと、一度は供述しているわよね」
奏「はい。ただ、それは梅田祐希をかばって咄嗟についた嘘かと」

大畑「つまり。野木真樹も梅田祐希も、かぎりなく白に近いグレーということ？」
奏「はい」
大畑「真犯人の手がかりもない――。結局、振り出しに戻ったわね」
奏「――」
　ノックの音がして、加地が入ってくる。
加地「失礼します。支部長、西村検事。野木浩一郎の面会許可が下りたそうです」
奏「（大畑に）会って、話してきます！」
　急いで出て行く奏の姿を、じっと見ている加地。
加地「――」
　その加地を、チラッと見る大畑。
大畑「――」

救急病院・個室前〜個室内

　『野木浩一郎』のプレートを前に、立つ奏。
奏「――」
　すると。
看護師の声「野木さんにご面会ですか？」
奏「ハイ（と、振り向くと）」
　豪華なカサブランカの花籠を抱え立っている看護師。
奏「――奇麗なお花ですね」
看護師「こちらの病室に移られてから、何度も届くんですよ」
奏「（気になり）どなたから」
看護師「さあ。――名前もないので」
奏「――」
看護師「（部屋の中へ）失礼します。野木さん、お花がまた届きましたよ」

ベッドに横になったままの野木。

野木「すみません」

と、言いかけ。奏に気づく。

野木「――」

奏「(一礼する)」

少し体を起こした野木。傍らに奏。

野木「真樹が釈放――」

奏「はい。彼は、あの日放火現場にいた梅田祐希をかばい、自分がやったと供述したことが、判明しました」

野木「梅田先生が――放火?」

奏「いえ。それもおそらく違っていると」

野木「――」

奏「野木先生。お体が回復したばかりのところ、申し訳ありませんが。ひとつだけ、お伺いします」

野木「――」

奏「野木先生は、火をつけた人間に心当たりはありませんか」

野木「――」

傍らに置かれているカサブランカの花。

(ぼんやりと画面に映っている)

奏「おそらく犯人は、ガレージ付近にポリタンクを持ち込み、ガソリンを撒いて火をつけました。ご自宅は全焼。あなたの命まで狙った悪質な犯行です。あなたにうらみを持つ人間に――心当たりは」

野木「僕に、うらみのある人間――」

奏「はい」

野木「たくさん、いますからね。見当もつきません」

奏「――」

野木「いつかは、こんなことがおこる――。おこるともかぎらないと、覚悟はしてきましたが」

カサブランカを、ぼんやりと見ている野木。

奏「わかりました。何か気になること、お気づきになったことがあれば、ご連絡ください」

野木「――」

奏「また伺います。お大事にしてください」

と、立ち上がろうとする奏に

野木「奏さん。――真樹は、病気なんですか」

奏「――はい」

野木「それで、僕の前に現れた――」

奏「そうだと思います。これまでの色々なことに決着をつけたかったんだと。彼なりに――。彼なりのやりかたで」

野木「――」

真樹「――」

横浜市立・横浜みなと総合病院・屋上

柵にもたれかかり、ぼんやり景色を見ている真樹。

横浜市内・某所

火事の第一発見者（若い男）に話をきいている奏。傍らに加地。

男はデリバリーサービスの配達人。

奏「あなたが最初に、火事に気付き通報したんですね」

配達人「ハイ。火事のおきた家の近くの家に、配達を終えて、バイクで戻っている途中に、火が上がっているのに気づいて。慌てて119番にかけました」

奏「それは、何時位でしたか」

配達人「この間も刑事さんに言ったんですけど。

夜の十時くらいです。その時の伝票と、置き配の証明写真も提出しましたけど」
加地「(奏に、伝票のコピーや〝配達の証明写真〟のデータを見せ)これですね」
奏「(見る)――」
加地「配達した家の住所は、横浜市瑞穂区吉野。野木邸からは、六百メートルほど離れています」
配達人「――あの、検事さん」
奏「何でしょう」
配達人「僕、疑われてるんですか？　こんなに何度も話を聞かれて。僕は、良かれと思って通報したんですよ」
奏「何度も申し訳ありません。あなたを疑っているということではなく、私たちは手がかりが欲しいだけなんです」
配達人「――」
奏「あの夜、野木邸の近くで、不審な人物は見ていませんか」
配達人「わかりませんよ。誰が不審で、誰が不審じゃないかなんて」
奏「ということは、何人かとすれ違った記憶はあるんですか？」
配達人「さあ。覚えてません。まあ、火事に気づいて、出てきた人はいたけど」
奏「その人たちと、会話は交わしましたか」
配達人「その話、この間も刑事さんにしましたけど」
奏「念のためもう一度聞かせてもらえますか」
配達人「(キレ！)いい加減にしてくださいよ！　検事さん！　これじゃ仕事になりませんよ」
奏「!!」
加地「ちょっと落ち着いてください(なだめる)」
配達人「イヤイヤそれちがうでしょ。なんでオレこんな犯人扱いされなきゃいけないんすか！　しかもおんなじことばっかりくどくどくどくどくど！」

もめている加地と配達人。

傍らで奏。配達写真を、見るとはなしに見る。

奏「（何かに気づいて）――」

横浜地検・中央支部・奏の執務室

配達の証明写真を渡辺刑事に見せる奏。

奏「これ。見ていただけますか」

渡辺刑事「置き配の証明写真ですよね」

奏「ハイ」

一見、ただの置き配の証明写真である。

奏「この窓ガラスのところなんですが」

通りを歩く男の姿がサッシに写り込んでいる。

渡辺刑事「（覗き込む）」

奏「男が手にしているこの袋の赤い部分――ポリタンクに見えませんか」

男の手には、（地味な色のビニール製）トートバッグ。

その袋の端から、わずかに見えている赤い容器らしきもの。

渡辺刑事「見えなくは、ないですね」

と、ちょっと嬉しそうに奏を見る。

奏「解析おねがいします！」

同・時間経過／横浜南警察署（夜）

ひとり残業していた奏。

渡辺刑事からの電話を受け、

奏「え？　顔はわかった？」

以下、警察署の渡辺刑事と適宜カットバックで――

渡辺刑事「はい。なんとか顔は判別できたんですが、――警察の犯罪歴データには、ヒットしませんでした。ただ、バッグから見えているのは、ポリタンクに間違いないと」
奏「そうですか。でも、男の素性は、わからない」
奏「はい」
渡辺刑事「残念ながら——。とりあえず、データは送ります」
　　奏、PC画面でデータを受け取る。
奏「——」
　　写っている男の顔。
奏「たしかに、これだけで犯人を特定するのは、難しいですね。服装にも特徴はないし」
渡辺刑事「とりあえず、この写真をもとに、再度聞き込みを開始します」
奏「よろしくおねがいします」

奏のマンション・前の道

　　マンションへ向かう道を歩く奏。
奏「——」
奏N——でも、何とかしなければ。今のところ、あの写真だけが唯一の手がかりなのだから
　　と。前方を見ると、
　　貴志が立っている。
奏「(立ち止まり)——」
貴志「(も、奏の視線に気づき、振り向く)——」
　　気まずく、見つめあう二人。
貴志「荷物を取りに」
奏「——そう」

同・内

　　寝室で、服などをバッグに詰め終える貴志。
　　出て行こうとする貴志に、

奏「ごめんなさい――」
貴志「？」
奏「たくさん迷惑かけて。それだけじゃなく――ホントに」
貴志「手術が決まれば、彼の執刀は、僕がすることになると思う」
奏「――手術をするの」
貴志「まだ、決めかねているようだけど」
奏「――」
貴志「今、彼に必要なのは、生きる意欲。これから先、生きていくための希望じゃないのかな」
奏「貴志は――どうしてそんなに、物事を冷静に判断できるの」
貴志「冷静なんかじゃないよ。ただ、医者としての自分を保とうとしているだけ。こうみえて必死だよ（苦笑する）」
奏「――」

貴志、奏の目を見ずに
貴志「だから、奏も検事の仕事をつらぬいて」
奏「――」
貴志「あんなどん底から、あんなにがんばって。検事になったんだから」

フラッシュ（2話・S#12より）
・ロースクールの不合格通知を見ている奏
・大学構内で、しゃがみこんでしまう奏

奏「貴志が、いてくれたから」

フラッシュ（2話・S#13より）
・白湯を差し出す貴志「ただのお湯だけど。温まりますよ」

貴志「君の努力だよ。僕は結局――何もできなかった」

そう言って、出て行ってしまう貴志。

ドアが閉まり、残された奏。

奏「――」

奏N――それから先のことは、よく覚えていない

同・周辺

朝の風景

奏N――気が付くと朝になっていて。テレビから万歳という声が聞こえていた

同・リビングダイニング

仕事道具や資料が広げられている机。

そこに突っ伏して眠っている奏。

奏「――」

つけっぱなしになったテレビから、流れているニュース。

『民事党東正太郎新総裁・地元選挙区で就任報告』

アナウンサーの声「先日行われた民事党総裁選挙で、東正太郎衆議院議員が総裁となりました。東議員は東忠男元総理大臣の長男。東議員が総理大臣となれば、日本で二組目の親子二代にわたる総理の誕生となります。東議員は総裁になって初めて地元選挙区を訪れ、就任報告会を行いました」

側近に囲まれ、満面の笑みで中央に立っている東正太郎。

奏N――東正太郎。二十年前父のかかわった環境エネルギー汚職事件で、収賄罪に問われた政治家だ。その人が今、次期総裁の座につこうとしている

フラッシュ（5話より）

・東邸に家宅捜索に入る英介

・逮捕される東正太郎　等

奏N「――結局、東議員は無罪となり――父は」

フラッシュ（5話より）
・法廷。判決の様子「被告人は無罪」
・検察側の英介と、担当弁護士の野木

その時。奏の目が画面に釘付けになる。

奏「――」

テレビニュースでは、女性議員から東正太郎への花束贈呈が行われている。

渡されたその花は、大きなカサブランカ。

奏「――」

フラッシュ
・野木の病室。カサブランカ

奏「――」

そして、その後ろ。笑顔で正太郎に拍手を送る父忠男その横に――あの男の顔。

奏、慌てて机の資料を確認する！

（昨夜、渡辺刑事から送られてきた画像のコピー）そこに写っている、宅配の証明写真の男の顔。

テレビ画面の中の男。

同一人物に見える。スーツの胸に秘書バッジ。

奏「この男――」

横浜地裁・中央支部・奏の執務室

国会便覧を抱え、足早に入って来る奏。

すごい勢いで、そのページをめくる。

男の写真を見つける。

東忠男（正太郎の父）だ。

（忠男の顔は知っているが経歴等を見返すため）

東忠男のホームページをPCで急いで検索する奏。
「秘書たちと共に琥珀楼で」という写真を見つける。
そこに写る秘書。秋葉洋二。
奏「――」
奏N――その男は、東正太郎の父。元総理、東忠男の秘書だった
奏「――」
奏N――野木邸を燃やそうとしたのは――東の秘書。東の秘書がなぜ?

フラッシュ。短く次々と
・炎につつまれる野木邸
・ICU意識不明の野木
・病室のカサブランカ
・新里と会った奏。「ちょっと出ませんか」と言い外に出た新里。不審な男の影
・病室付近にいた不審な男
奏「(バッと立ち上がり、荷物をまとめ始める!)」
傍らで仕事していた加地。
加地「どこへ行くんですか」
奏「ちょっと出てくる!」
飛び出して行く奏。

同・玄関・前

走り出る奏。

同・奏の執務室

国会便覧の東忠男の写真を見ている加地。
加地「――(何かを察して)」
加地、急いでガラケーを取り出し、どこ

かへ連絡しようとしている。
その時。加地の前に立ちはだかる人影。
加地「（顔を上げると）」
立っている大畑。
大畑「誰にかけてるの」
加地「（凍りつき）――」

救急病院・個室

奏「（飛び込み！）失礼します！」
ベッドに横になり、テレビを見ていた野木。
驚き、奏を見る。
（テレビ画面に映っていたのは、総裁選のニュース）
奏「（チラッと見て、さらに確信する）――」
野木、動ぜずゆっくりとスイッチを切り。
野木「なんですか」
奏「父が巻き込まれたあの事件と――放火は、つながっているんじゃないですか」
野木「――」
奏「いいえ、それだけじゃない。カオリの事故も、マサキの失踪も――すべてが」
野木「――」
奏「教えてください。真実を」

つづく

最終話

Destiny *last episode*

8話のリフレイン

救急病院・個室（8話）

奏「父が巻き込まれたあの事件と――、放火はつながっているんじゃないですか」

野木「――」

奏「いえ、それだけじゃない。カオリの事故も、マサキの失踪も――すべてが」

野木「――」

奏「教えてください。真実を」

同・（8話の続き）

野木「なぜ君は――そう考えた？」

奏、ポリタンクが入ったバッグを持つ秋葉の写真を見せる。

奏「これは、放火当日、デリバリーの配達員が、置き配証明のために撮った写真です」

サッシに写り込む秋葉の顔のアップ。バッグのアップ等。

野木「――」

奏「（写真のバッグ部分を指し）ここに、出火の原因となった〝ガソリン入りのポリタンク〟が写っています」

野木「――」

奏「この男が、東正太郎議員の総裁就任報告会にいました。東忠男元総理の秘書――秋葉洋二です」

秋葉の秘書姿の写真を見せる。

野木「――」

奏「東正太郎議員は、二十年前の環境エネルギー汚職事件で一度は逮捕、起訴され。その後、あなたが公判ですべてを覆し、無罪へと導いた人物です」

フラッシュ（5話S#29より）

・裁判官「被告人は無罪」

（その場にいる、東正太郎）

英介「――」

奏「その東議員の父、東忠男元総理の秘書と、放火犯は同一人物です」

野木「――」

奏「今、任意同行をかけるべく、警察が秘書のもとへ向かっています」

都内・議員事務所付近・路上

車から降りてくる秋葉に、声をかける刑事ら。

刑事1「（警察手帳を見せ）秋葉洋二さんですね」

刑事2「ちょっとお聞きしたいことがあるんですが、署までご同行願えますか」

怪訝そうな顔をする秋葉。（だが、内心の驚愕）

秋葉「――」

救急病院・個室

奏「この男が、あなたの家に火をつけ――あなたの命を狙った」

野木「――」

奏「二十年前のあの汚職事件と――無関係とは思えません」

野木「――」

奏「二つの事件にどんな接点があるのか。野木先生――。あなただけが知っていることが、あるはずです」

奏の話を聞いていた野木。

カサブランカを見つめ、ポツリとつぶやく。

野木「そこまで、たどりついたか――」
奏「――」
野木「君は、お父さんが遺したボイスレコーダーを見つけ出したそうだね」
奏「――はい」
野木「君も真樹も、僕が一方的に君のお父さんを追い込み、無実を勝ち取ったと思っているんだろう」
野木。
少しの間があって
野木「あの時のことを、僕も少し話してもいいかな」
奏「――はい」
野木「当時、僕は独立したての弁護士だった――」

回想（新規）・議員事務所・一室（二十年前）

野木の声「国会議員が、企業への補助金交付の便宜を図った見返りとして二千万の賄賂を受け取り、特捜に逮捕された『環境エネルギー汚職事件』。その公判前、僕は突然、〝ある人物〟の事務所に呼ばれた――」
野木「得体の知れないメール？」
東忠男「まったく身に覚えのないものらしいんだが」
野木の声「それは、山上重工業へ二億円の補助金交付の便宜を図るよう東忠男の息子、国会議員の東正太郎が、官僚へ圧力をかけたという〝証拠メール〟だった」
フラッシュ
・『東先生より。例の件くれぐれもよろしくとのこと』
（ガラケー接写メールの証拠）

東忠男「どこから引っ張り出してきたのか。とにかく検察はそれを盾に、息子を強引に起訴に持ち込んだ」
野木「――」
東忠男「つまり君、これは検察による証拠のでっちあげ。――冤罪だよ」
野木「冤罪」
東忠男「(うなずく)」
野木「――」
野木の声「証拠となるメールの捏造。にわかに信じがたいことではあった。だが、これが事実だとすれば、絶対にあってはならないことだ」
東忠男「君は、検察出身であちらの事情にも精通している。しかも、若手ではナンバーワンの実力と聞いている」
野木「いえ。そんな」
東忠男「なんとか、力を貸していただきたい。息子の汚名をそそぐためにも、君の力が必要なんです」

頭を下げる元総理、東忠男。

野木「――(頭を下げられ、困惑する)」
野木「先生。――おやめください」
野木の声「同時に、国の頂点にまで上り詰めた人間に頭を下げられたことに、高揚していたのかもしれない」

回想(5話・S#22・S#24・S#25・S#27・S#35より)

野木「まずもって、私が裁判官に訴えたいのは、この事件は、明らかに作られたものであるということです」
英介「――(内心の衝撃)」
野木「検察が証拠として提出しているメールは、全くのでたらめであり、何者かの手によって捏造されたものであることは、明らかです」

法廷内のざわめき。

野木「検察は、それを知りながら、議員を起訴した」

英介「――」

野木「これは明らかに、検察の暴走であり、不当な国家権力の行使です」

野木「あなたは辻検事に供述を強要されたということですが、間違いありませんね」

秘書「はい」

野木「証拠となる携帯メールを特捜部が入手したのはいつですか」

英介「七月五日です」

野木「それ以前に、携帯電話は証拠として提出されていなかったのですか」

英介「任意提出されていました。が、メールは削除されていました」

野木「なぜ、七月五日に出てきたのですか」

英介「特捜部に、情報提供があったからです」

野木「検察は、このメールを第三者が捏造したものと知りながら、起訴に踏み切ったのではないですか」

野木「辻検事。検察は、現職国会議員逮捕という大仕事に前のめりになり過ぎていたのではありませんか。だから、どんなことをしてでも、証拠を揃えたかった」

野木の声「そして、裁判で無罪を手にした」

裁判官「被告人は無罪」

英介「――」

閉廷後、すれ違う英介と野木。

野木「（黙礼し、去る）」

英介「――」

救急病院・病室

野木「僕はあの時、正義を勝ち取ったと信じていた」

奏「――」

野木「だが、その後――」

回想（新規）・議員事務所・一室

野木が、再び東に呼び出されソファに座っている。

東忠男、窓の外を見たまま――

東忠男「目論見通りの、いやそれ以上の働きをしてくれた」

野木「――」

東忠男「（振り向き）今後ともよろしく」

と、野木の肩をポンと叩き、去る。

残された野木の衝撃。

野木「――」

救急病院・個室

奏「目論見通り――」

野木「つまり――最初から、すべてを〝あの男〟が仕組んでいた」

奏「――」

野木「捏造したメールを証拠として、検察につかませ、僕にそれを追及させ――息子の無罪を勝ち取らせた」

奏「そこまでして、息子を守ろうと」

野木「息子というより、己の地位と権力だろう」
奏「――」
野木「あの人の恐ろしいところは、息子の起訴で、自分に追及の手が及ばないよう、それを阻止したことだ。証拠メールを捏造し、検察を陥れてまで」
奏「――」
野木「おそらく山上重工業からはあの男にも多額の金が渡っている」
奏「――」
野木「僕も、踊らされていたんだ。元総理の東忠男に」

フラッシュ
・東忠男の顔

奏「――」

回想（新規）

辻の訃報の連絡を受けている野木。
受話器の向こうの声「辻英介検事が、今朝、自宅で自殺を図り、亡くなりました」
野木「（呆然と聞いている）――」
受話器を握る手が、震える。

救急病院・個室

野木「辻さんは、尊敬すべき先輩だった。その人柄も、仕事ぶりも、よく知っていた。後悔しなかったと言えば、ウソになる――」
咳き込む野木。
奏「（思わずそばに寄ろうとするが）」
野木「（手で制し）――水を、一杯」
奏、水を汲み、野木に差し出す。
野木「――」
奏「――」

野木「ありがとう――」
奏「――いえ」
野木、ゆっくりと水を飲み干す。
奏「――」
野木「あの事件を境に、仕事はどんどん忙しくなり、僕は、弁護士としての名をあげた。そんな時だった。君たちの同級生が訪ねて来たのは」
奏「カオリ――ですか？」

回想（新規）・喫茶店

野木に『環エネ事件の資料』を突き付けるカオリ。
野木「辻さんのお嬢さんが――？」
カオリ「二人は、同じ大学の同級生で、私もトモダチです。マサキさんもかなでも、この事件のことは知りません。でも、もしも、それを知ったら」
野木「君は一体何が言いたいの。（面倒そうに）かなでというのは？」
カオリ「ですから、亡くなった辻検事の娘さんです。――いいんですか。二人が付き合っても」
野木。少しの間――のあと。
野木「（冷たく）息子が誰と付き合おうと、僕には関係のないことだし。これは、すでに終わった事件だ」
カオリ「――本当にそうなんでしょうか？　調べれば調べるほど不自然なことが沢山でてきて。これを見て下さい！　裁判になったとたん、証言が覆って（つづいて）」
野木の声「事故が起こったのは、その直後だった」

回想・フラッシュ（短く・4話・S＃36より）

カオリと真樹の乗った車の事故。

真樹「やめろ。やめろって！　お前どうかしてるよ」

カオリ「――なんで信じてくれないの！」

激しく車体が揺れる！

野木の声「彼女もまた――あの事件の犠牲者だ」

回想（2話・S#54より）

野木の声「そして、マサキが現れた」

野木にくってかかる真樹。

真樹「（低く）アンタが殺したんじゃないですか。辻英介を」

野木「――（黙ったまま答えない）」

真樹「何とか言えよ！　殺したんだろう！　辻英介を！　だからあの事故が」

野木の声「あいつまでが、あの事件に首を突っ込んできた。それだけは、阻止しなければと思った」

救急病院・個室

奏「阻止？　なぜですか」

野木「真樹だけじゃない――君に対してもだ」

奏「――」

野木「あの人は、君のような若い検事や、まして素人が手を出せるような相手ではない」

奏「――」

野木「その頃――」

回想（2話・S#24より）

野木の声「東元総理の秘書、秋葉が接触してきた」

運転席の男「最近お会いになりました？　辻英介の娘に」

野木「（苦笑し）よくご存じで」

救急病院・個室

野木「口封じにかかっていると、すぐにわかった」
奏「――」
野木「その矢先の放火だった」

フラッシュ

・燃え盛る野木家

野木「私は生死をさまよい。気づいたら、この部屋にいた。そしてあの花が、毎日のように送られてきた――」

部屋の隅に置かれているカサブランカ。

フラッシュ

・総裁就任報告会でカサブランカを受け取っている東正太郎
・その傍らで拍手している秋葉
・そして、東忠男

奏「――」
野木「奴らは、本気で私を抹殺しようとした」
奏「――」
野木「だが、幸か不幸か私は生き延びた。――生き延びて、こうして君と話している」
奏「――はい」
野木「東正太郎は民事党総裁となり、総理の座も目前だ。親子二代の総理。あの男が望んでいた通りのシナリオ」
奏「――」

野木。秋葉の写真を手に取り――

野木「よくこれを、見つけてくれた」
奏「――」
野木「西村検事」

奏「――はい」
野木「僕は、正義のヒーローでもなんでもない。清廉潔白な人間でもない」
奏「――」
野木「これまでも、自分の利益になる仕事を多く引き受けてきた。力を得るために」
奏「力を」
野木「力を得なければ、大きな力には、対抗できない」
奏「――」
野木「そのやり方が正しかったかと言われれば、答えに窮する」
奏「――」
野木「君は青い。青くてまっすぐだ」
奏「――」
野木「だが、それを武器に戦うというなら、僕は協力する」
奏「――私に、力をかしてくださるんですか」
野木「(うなずく) やるとすれば――今が、その時だ」
奏「――」
野木「秋葉の先には、あの男がいる」
奏「――元総理。東忠男」
野木「それが――僕の遺言」
奏「――そんな」
野木「弁護士としての死だ。僕は――あの火事で、死んだのか。生まれ変わったのか」
そう言って、少し笑う野木。
奏N――野木先生は、弁護士としての人生を捨てる覚悟で、すべてを話してくれた
奏「――」
奏N――その笑顔は――少しマサキに似ていた

横浜地検・中央支部・奏の執務室

大畑と話す奏。

大畑「野木浩一郎は、確かにそう言ったのね」

奏「ハイ」

大畑「辻さんは――やはり、あの時（はめられた）」

奏「――」

大畑、たった一言。ぽつりと、

大畑「無念ね」

奏「――（うなずく）」

奏、大畑。

何かを考えている。

大畑。少しの間があって――。

大畑「秋葉の放火と、二十年前の汚職事件をつなぐ証拠が、もう一つ出てきたわ」

奏「え？」

大畑「事務官の加地が、秋葉とつながってた」

奏「（驚く）――」

大畑、ガラケーを机の上に出し、

大畑「この携帯を、秋葉に持たされ、あなたの行動を監視していた」

フラッシュ（8話より）

・加地の前に仁王立ちになる大畑

・「誰にかけてるの」

奏「加地くんは」

大畑「間違いなく懲戒免職ね。小遣い程度のお金で、バカなことをして」

奏「――」

大畑「西村検事。まもなく秋葉が、（現住建造物等）放火容疑で逮捕送検される」

奏「はい」

大畑「取り調べで、どこまでたどりつけるか」

奏「――」

大畑「そこが――〝本当の勝負〟よ」

奏「――ハイ」

横浜市立・横浜みなと総合病院・屋上（夜）

奏と真樹。

真樹「あの人と話した？　話せるようにまでなったんだ」

奏「今のところ、順調に回復してる」

真樹「何をしゃべったの」

奏「放火の――真犯人のこと」

真樹「――」

奏「それだけじゃなく――あの事件のことも」

真樹「――」

奏「父のあの事件の時。野木先生は――ある人に踊らされてた」

真樹「ある人？」

奏「ここでは言えないけど。ある政治家」

真樹「――」

奏「野木先生は、その政治家の思惑を知らずに裁判で父と戦って――」

真樹「それでかなでは納得できるの」

奏「――」

真樹「あの人を信じるんだ」

奏「――」

真樹「あの人は何とでも言うよ。それがあの人の（やり方）」

奏「でもね。マサキ」

真樹「――」

奏「野木先生――、言ってた」

真樹「何を」

奏「マサキは、とんでもないバカだけど」

野木の声「（奏の声と重なり）真樹はとんでもない馬鹿だ」

回想（救急病院・個室）

野木「（重なり）だが、アイツの生き方がうらやましいと思うこともある」
奏「――」
野木「アイツを死なせたくはない。生きてほしい」
奏「――」
野木「どんなに憎まれても。アイツは――真樹は。僕の息子だから」

横浜市立・横浜みなと総合病院・屋上

真樹「――」
奏「私は、野木先生を信じる」
真樹「――」
奏「私も、おなじ気持ちだから」
真樹「――」
奏「マサキに――生きるのを、あきらめてほしくない」
真樹「――」
奏「あと少しで、私も父を本当に陥れた人物にたどりつける。――かならず、そこまでやる。だから――」

　　真樹。さらっと。

真樹「そんなに必死になんなくても、手術くらい受けるよ」
奏「え」
真樹「オレはただ、メスを入れられるのが、怖かっただけ」
奏「――」
真樹「かなでの婚約者に体切り刻まれるなんて、恐ろしくて。だって胆管も肝臓も切除するって言うんだよ。下手すると、そのまま麻酔とめられて――」
奏「――」

真樹「ホンキにした？」
奏「!!　——もう！　やめて。そういうこと言うの！」
真樹。笑いながら、ふっと真顔になり、
真樹「かなで、感謝してる。ここまでオレのこと考えてくれて」
奏「——」
真樹「あの人とも話してくれて」
奏「——」
真樹「だから、検事さんもがんばって。——あと少しなら、最後まで」
奏「——（うなずく）」

横浜地検・中央支部・奏の執務室

秋葉取り調べの準備をしている奏。

秋葉の調書。経歴などを入念に読み込む。

奏N——東元総理の第一秘書秋葉洋二。そのキャリアは、事務所の学生アルバイトから始まっている
秋葉の経歴。

奏「二〇〇四年、秘書へ昇格——」

調書の経歴。（そこから昇格し、二〇一七年には第一秘書になっている）

奏N——環エネ汚職事件が起きたのも、この頃。事件と秋葉は、確実につながっている
汚職事件の資料をめくる。

奏N——だけど、決め手となる証拠がない——

証拠となった捏造メールの資料。

ガラケーメールの接写。

『東先生より。例の件くれぐれもよろしくとのこと』

奏「——」

その時。ノックの音がして、加地が入って来る。

加地「失礼します」
奏「（ドキリと、振り返る）」
加地「――荷物。片づけて帰りますんで」
奏「――ハイ」
　加地、机の整理をし始める。
奏「加地くん――（何かを言いかけると）」
加地「（突如、奏の方を向き）申し訳ありませんでした」
　深く一礼し、行こうとする。
　その加地に。
奏「待って。――あなた、秋葉とは携帯電話で、連絡を取っていたのよね」
加地「はい。ガラケーを渡されて」
奏「――」

フラッシュ（短く）
・ガラケーメールの接写
　『東先生より。例の件くれぐれもよろしくとのこと』
奏「（何かに気づく！）」

横浜南警察署・会議室
　刑事らが、放火事件について、喧々囂々《けんけんごうごう》話し合っている。
　そこへ飛び込んで来る奏。
奏「すみません！　秋葉の自宅からの押収品を見せて下さい」
刑事1「あ。はい」
　押収品リストを見ながらプラケースの中を探す奏。
　ガラケーを見つけ出す。
奏「――あった」

奏。
『環エネ事件』の資料のガラケーの機種と照らし合わせる。同じである。

奏「同じだ――」

刑事1「西村検事。どうしたんですか。そのガラケーが何か」

奏。
携帯を開けるが、データは、すべて消去済みの表記が出る。

奏「(呆然と)――」

刑事1「その携帯本体のデータは全て消去されていました。今は使ってないようです」

奏「(落胆し)――そうですか」

奏。手に取り、携帯電話を見つめる。

奏N――環エネ汚職事件でメール捏造に使われた携帯電話は、これだ
二十年前の携帯電話。

フラッシュ(短く)
・『東先生より。例の件くれぐれもよろしくとのこと』

奏N――この携帯からデータは完全に削除されている。なのに、秋葉はこれを残していた――どうして

奏の背後で話している刑事たち。

刑事2「あ。でもそれ、使ってないのにずっと料金は払ってるんですよ(と、奏に携帯電話の請求書を渡す)」

奏「え?(と、受け取って)」

刑事1「(刑事2に)なんで」

刑事2「さあ。ただのズボラ?」

刑事3「なんか思い出のある電話だったりして」

刑事1「なんだそれ」

刑事3「付き合ってた彼女との思い出がつまって

るとか」

奏、ふと。携帯電話の請求書のある部分に目を留める。

奏「――」

横浜市立・横浜みなと総合病院・病室（日替わり）

真樹のオペ当日。

知美と祐希が、真樹に付き添っている。

知美「おなかがすいた？」

真樹「だってオレ、昨日から絶食で、水も飲ませてもらえねえの」

祐希「それくらい我慢しろよ。大事な手術なんだから」

知美「そうだよ。（と、言ってから）でもよかった。――おなかがすくくらい元気があって」

祐希「（しみじみ）うん」

知美「かなで、今日が大事な取り調べなんだって。だから付き添えないけど、終わり次第来るって」

真樹「――付き添うって言ったって、手術室で見張ってるわけにもいかないし。なあ（と、冗談めかし）」

知美「――」

真樹「いいよ、二人も。ずっと病院にいなくて。どっかで時間つぶしてて」

祐希「そんなこと言うなよ。トモダチだろ――」

真樹「オレ。おまえのこと許してないから」

祐希「え」

真樹「おまえが、放火したのかと思った」

祐希「ごめんな。ホントごめん」

真樹「トモ、どうにかした方がいいんじゃね？この弁護士先生」

知美「だね。てか、マサキもね」

真樹「えぇ？　オレも？」

などと、（わざと）軽口を交わしていると。

迎えに来る看護師。

看護師「野木さん。そろそろ、手術室の方へ移動しますので」

三人に、緊張が走る。

同・廊下

ストレッチャーで運ばれて行く真樹。
付き添い一緒に付いて行く知美と祐希。

同・手術室・前

貴志が待っている。
知美、祐希。（貴志が待っていたことに内心驚く）

知美「——」

祐希「——」

ストレッチャーの上の真樹。

貴志「（知美と祐希に、会釈する）」

知美「マサキを、よろしくおねがいします」

貴志「ハイ。長時間のオペになるかもしれませんが、慎重を期しますので」

真樹「（ぽつり）まないたのうえの、こい」

知美「（!!　もう！　という感じで、マサキを小突く）」

貴志「冗談がいえるくらいでしたら、大丈夫でしょう。では」

祐希「よろしく、おねがいします」

知美「（も、頭を下げる）」

一礼し、手術室の中へ入って行く貴志。
そして、ストレッチャーの上の真樹。
真樹。
ストレッチャーの上から、ひらひらと手を振った。

そして、扉が閉まる。

祐希「――」
知美「――」
祐希「（ぽつり）なんか、すげえな貴志さん」
知美「――」
祐希「だって、かなでとマサキ」
知美「――」
祐希「すげえ」
知美、不意にぽつりと
知美「私――。司法試験受けるから」
祐希「え？」
知美「司法試験受ける。今度は私が働くから」
祐希「（驚いて）――」

横浜地検・中央支部・取調室

秋葉と対峙している奏。
傍らには、加地の代わりの事務官。

奏「野木浩一郎さんの自宅が放火された九月一日の夜。あなたはどこにいましたか」
秋葉「ですから、事務所から家に帰る途中だったと思いますよ」
奏「それを証明できますか。帰りにどこかに立ち寄ったとか」
秋葉「覚えてないんですよ」
奏。置き配の証明写真に写り込んだ秋葉の姿を示し
奏「この写真に写っているのは、あなたですよね」
秋葉「似てるだけでしょう。放火なんかした覚えないんですから」
奏「現住建造物等放火は、重罪です。さらに殺人未遂となれば」
秋葉「やってません」
奏「では、質問を変えます」

奏、一台のガラケーを差し出す。
例の二十年前のガラケーである。
（証拠品ラベルが貼られたチャック付き袋に在中）

秋葉「――（内心の驚き）」

奏「この携帯電話に見覚えはありませんか」

秋葉「（だが、平然と）いえ」

奏「あなたの自宅から押収されたものです」

秋葉「――」

奏「二十年前の環境エネルギー汚職事件を、覚えてらっしゃいますか?」

秋葉「ええ。まあ」

奏「あなたが秘書を務める東忠男元総理の息子、東正太郎議員が収賄罪に問われた事件です」

秋葉「――」

奏「その時、彼を起訴する決め手となった、証拠メールがこれです」

捏造メールの接写写真を見せる。
『東先生より。例の件くれぐれもよろしくとのこと』

奏「けれど結局このメールは、何者かによって捏造されたものと分かり、検察による事件のでっちあげとして、大きな社会問題となった」

秋葉「それと私と、なんの関係があるんですか」

奏「これを見て下さい」

携帯電話の請求書。

奏「あなたは二十年間、この使っていない携帯電話の料金を払い続けています。なぜですか」

秋葉「――さあ（と、言いながら、次第にその顔が蒼白に）」

奏「あなたが必要としたのは携帯本体の機能ではなく（請求書の明細を指さして）データ保存サービス。携帯会社のサーバーでデータを安全に保管するサービス、それを利用するのが目的だったのではないですか」

　『データ保存サービス』

奏「そしてここには、当時の偽メールのデータが残っていました」

　『東先生より。例の件くれぐれもよろしくとのこと』

奏「日付も文面も一致しています」

秋葉「――」

奏「この事件の後。あなたは、正式に東忠男の秘書となった」

秋葉「何が言いたいんですか」

奏「つまりあなたは――、元総理東忠男に頼まれ、このメールを捏造した」

秋葉「――」

奏「あなたと東忠男は、何十年もの間、議員と秘書という関係を超え、深くつながっていた」

秋葉「――」

奏「あなたに野木邸の放火を指示したのも――、東忠男ではありませんか？　野木弁護士に、環境エネルギー汚職事件の真相を暴露されるのを恐れ、口封じをしろと」

秋葉「――。僕が、そうだと言えば、あなたは納得しますか。お父さんの恨みが晴らせますもんね」

奏「――恨みを晴らすためではありません」

秋葉「――」

奏「私は、検事として、真実をあきらかにしたいだけです。それが、私の仕事ですから」

秋葉「(笑いだす)」

奏「何がおかしいんですか」

秋葉「イヤ、あなたを笑ってるんじゃありません。自分が――(笑う)――おかしくて。何かの時に、先生を脅せる唯一の武器だと思って。殺されないようにって。後生大事に持ってたお守りが――自分の首をしめるなんて。こんなことなら消しておけばよかった、消しておけば」

腹を抱え笑いつづけて——

奏「——」

奏N——その後、秋葉は、放火は東忠男の指示によるものだと自供した。秋葉が保存していたデータの中には、東とのやりとりも残っていた。それらはすべて、いざという時に、東忠男に示すことで、身を守ることができる唯一の切り札だったと

横浜市立・横浜みなと総合病院

走る奏。走る！

同・手術室前・廊下

真樹の手術が終わり、貴志が、知美と祐希に何かを説明している。（真樹の姿はない）

小走りに来た奏。

手術室前の貴志らの姿を見つけ——ドキッとして、立ち止まる。（まさか、うまくいかなかったのでは）

奏「——」

貴志、その奏の姿を見つけ、

貴志「（奏を見つめる）——」

知美、祐希も、不安そうな顔（に、奏は見える）で、奏を振り返る。

知美「——」

祐希「——」

奏「——あの。手術は」

貴志「手術はうまくいきました」

知美。祐希。も、うなずく。

知美「——」

祐希「——」

奏「――」

貴志「今後どこまで回復するかは、彼の体力と生きる気力次第です」

奏「――」

貴志「うまく回復へ向かうよう、僕もフォローしていきます」

そう言って、すっとその場を去ろうとする貴志。

奏、その貴志の背中に。

奏「(小さく)待って。――待ってください」

貴志「(立ち止まる)――」

奏「――ありがとう。貴志」

貴志「――」

奏「本当に――ありがとうございました」

貴志「僕は医者だから。医師としての使命を果たしただけだよ」

奏「――」

貴志「おだいじに」

踵を返し去る貴志。

その貴志の背中を、いつまでも見つめる奏。

奏「――」

同・病室

真樹の目線。

ぼんやりと霞んだ病室の天井の白と、蛍光灯の光が見えてくる。

真樹「――」

そこに。

見覚えのある顔。祐希の顔がぼんやり浮かぶ。

(心配そうな祐希の顔だ)

真樹「――」

それから知美の顔。

（こんな優しい顔だったたっけ）

真樹「――」

そして。奏の顔。

（かなでだ。かなでに――会えた。もう一度。かなでに）

真樹「かなで」

奏「（だまって、うなずく）」

二人を気づかい、そっとその場を去る知美と祐希。

真樹「かなで――オレ。生きてる」

真樹、そっと奏に手を伸ばす。

奏、その手にやさしく触れ――

奏「うん。――生きてるよ。マサキは――生きてる」

真樹。ポツリとつぶやく。

真樹「――よかった」

そして、涙を流す。

人前では流したことのない涙を。

奏「――」

奏と真樹の手がつながれる。

画面。

白くはじけて――。

横浜地検・中央支部・会議室

大畑による記者発表が行われている。

大畑「先月一日、弁護士野木浩一郎氏の自宅が放火され、在宅していた野木弁護士が重傷を負った事件につきまして、ご報告します。（つづいて～）」

記者発表する大畑に、カメラのフラッシュ！

奏、会場に入り記者発表の様子を見ている。

奏「――」

奏N――秋葉は、現住建造物等放火と殺人未遂の罪で起訴され

・秋葉に、起訴を伝える奏

奏N――元総理東忠男は、現住建造物等放火と殺人未遂の教唆により、逮捕された

・東忠男の事務所に乗り込む刑事ら

大畑「鋭意捜査の結果、本件（放火と殺人未遂）の背景には二十年前の環境エネルギー汚職事件が存在し、犯行動機になっていることが判明しました」

奏。手にしたカナカナの刺繍ハンカチを握りしめる。

奏「――」

大畑「当時、捜査の主任検事を務めていた辻英介検事が職責を問われ、その結果、極めて不幸な事態となりましたが」

奏「――」

フラッシュ

・奏の思い出の中の英介

・「お父さんの仕事は、正義をつらぬくこと――。いや、正義をつらぬけるかどうか。それが試される仕事なのかもしれないな」と言った英介

大畑「今般の捜査により、辻検事が、〝証拠となったメールが偽造されたものであることを知りながら東正太郎議員を起訴した〟という事実はなく。また、取調べで暴行や自白の強要を行った事実もないことが明らかとなりました」

奏「――」

奏の回想（公園）

子供時代の奏の声が聞こえてくる。

奏の声「お父さん！　私、大きくなったら、お父さんのお仕事手伝う！」

英介「そうかあ。うれしいなあ。でも、大変だぞ」

奏の声「でも、がんばる！」

英介「そうか。がんばるのかあ。楽しみだなあ」

そう言って優しく笑う英介。

英介「本当に――楽しみだ」

英介の声「（愛おしそうに）かなで」

奏の声「なあに？」

英介の声『いや。なんでもない。家までかけっこするか！』

奏の声「ウン！」

英介の声「よーい。ドン！！！」

ふたりの笑い声。はじけて。

横浜地検・中央支部・会議室

大畑「辻検事及びご家族の名誉のため、この点は明確にしておきたいと思います」

大畑、奏を見つめる。

奏もまた、大畑を見つめ――。

奏「――」

マスコミ報道（翌日）

・新聞各社の一面記事、次々と映し出される

『東忠男元総理、放火および殺人教唆で逮捕！』

『二十年前の環エネ汚職事件とも関連

か！』

救急病院・個室

東忠男逮捕関連のテレビニュースを見ている野木。

野木「——」

長野（一か月後）

同・墓地への道〜墓地

墓地への道を走る奏。

前方を歩く知美と祐希。知美の手には花。

奏「トモ！　ユウキ!!」

知美「(振り向き）あれ？　マサキは？　一緒じゃないの」

祐希「今日が退院なんだろ？」

奏「それが——」

と、真樹からのメールを見せ

奏「先に行くって。それだけ！」

知美「まったくもう。何やってんのよ。歩けるの一人で」

奏「ねえ」

祐希「(前方を見て）——あ」

知美・奏「(も、見る）——」

すると。

カオリの墓前で、墓を見つめている真樹。

真樹「——」

墓前に置かれているクリームソーダの缶。

知美「マサキ！　なんで、そうやって勝手なことばっかするの！」

真樹「(振り向く）」

奏「そうだよもう。心配させないで」

真樹「え？　ひとりでどこまで行けるか、試してみたくて」

と、ニヤニヤ笑っている真樹。

奏「――」

知美「途中で倒れたらどうすんのよ。せっかく退院できたのに」

祐希「そうだよ」

真樹「そん時はそん時で。へへ」

知美「(本気で怒り) そん時じゃないっ!」

真樹・祐希「――!!」

知美「さ、お墓参りするよ! お線香は?!」

祐希「持ってるよ。ちゃんと」

などと言いながら、墓前に花を供え――。

線香をあげる準備をする知美と祐希。

傍らの真樹。

カオリの墓に手を合わせる知美。祐希。

知美「マサキは?」

真樹「オレはもういい」

奏、そんな三人の姿を見ながら――

奏N――そうか。マサキは、ひとりでカオリと話したかったんだと、すぐにわかった

真樹。

少し離れた所で、カオリの墓を見つめている。

奏N――皆の前で手を合わせるのが、恥ずかしくて。ひとりで

奏「(そんな真樹を見て) ――」

奏N――カオリと何を話したんだろう。きっと、あの日のことを――

知美の声「かなでは? いいの?」

奏「(知美の声にハッとして) ウン」

奏。カオリの墓前に手を合わせる。

いつまでも――。

国立・信濃大学

秋の気配が漂っている。

同・大教室

並んで座っている知美、奏、祐希、真樹。

知美「ねえ。私たちって、そもそも何がきっかけで知り合ったんだっけ?」
奏「私は、ほら、マサキのカンニング」
真樹「(ちょっと笑う)」
知美「あ。そっか」
奏「その時はもう、四人は仲良かったよね」
祐希「ウン」
知美「カオリとは、同じクラスで声かけられたんだけど。あの子、いきなり腕組んできて」

フラッシュ(新規)
・大学の教室
・知美の横の席にピタッとくっついてくるカオリ
・知美に腕を絡ませ「ねえ。名前教えて?」

祐希「オレもカオリに腕組まれた! オレに気があるのかなって、びっくりしてさ」

フラッシュ(新規)
・大学の廊下
・歩いている祐希に腕を絡ませるカオリ
・「梅田くんだよね?」と言われ戸惑う祐希

知美「んなわけないでしょ」
祐希「え? でも、その時はちょっといいなとか思ったんじゃ」
知美「ないから(と、一刀両断!)」
奏「(笑っている)」
知美「マサキは? 覚えてる?」

真樹「忘れた」

と、言いながら。真樹思い出す。

フラッシュ（新規）

・誰もいない教室で、寝ている真樹

・その顔をツンツンとつつくカオリ

・目を覚ます真樹に「めっちゃ好み」とカオリ

・真樹、驚き「何お前」

・「ねえ。トモダチになって」

真樹「オレもカオリだったような気もする」

知美「そっか。やっぱカオリか」

奏「そうなんだね」

知美「なのに先にいなくなっちゃって」

奏。祐希。真樹。

カオリを想う。

知美「マサキ、だめだよ。勝手にいなくなっちゃ」

真樹「ならねえよ」

奏「その前に元気になって」

祐希「そうだよ。カオリの分も――」

真樹、ふいにＡＫＢの歌を口ずさむ。

知美も。祐希も。

奏「（その歌声を聞いて）――」

横浜・夜道（その日の夜）

ベンチに座っている奏と真樹。

奏「大丈夫？」

真樹「何が」

奏「疲れてない？」

真樹「ぜんぜん」

奏「――」

真樹「ホントだよ」

奏「今日どこへ帰るの」

真樹「――ウン（と、言ってから）。おやじがさ――」

奏「？」

真樹「おやじが、帰ってこいって言うんだよ」

奏「――」

真樹「今、別荘に避難してるから。そこで静養しろって」

奏「――それがいい。そうして」

真樹「――」

奏「ねえマサキ。――マサキに、言おうと思ってたことがあるの」

真樹「何」

奏「――私、もうマサキとは会わない」

真樹「なんで」

奏「決めてたの。この事件が終わったら、マサキとは会わないことにするって」

真樹「――結婚するの」

奏「まさか。しないよ」

真樹「――」

奏「――でも」

真樹「（重ねて）わかった。そうだよな」

奏「――」

真樹「わかった」

見つめ合う二人。

奏「――」

真樹「――」

奏「――さよなら。絶対に、元気になって」

真樹「うん」

奏「それじゃ」

立ち上がる奏。

真樹「かなで」

奏「え」

真樹「ありがとう」

奏「――」

真樹「生きようと、思わせてくれて」

奏「（首を振る）」

そして、歩いて行く。

奏のその足が、どんどん速くなる。

奏N――振り返ってはいけない。だって――私とマサキは初めから、出会ってはいけない運命。絶対に重なり合うことのない――

が、奏。立ち止まってしまう。

そして振り返り――。

（真樹のいる方へ）駆け出す！

奏のその顔は、辻英介の娘でもなく――。

検事でもない――。

愛を求めるひとりの女性の顔。

終

cast キャスト

西村 奏……石原さとみ

野木真樹……亀梨和也

奥田貴志……安藤政信

梅田（森）知美……宮澤エマ

梅田祐希……矢本悠馬

加地卓也……曽田陵介

・

及川カオリ……田中みな実

・

大畑節子……高畑淳子

辻 英介……佐々木蔵之介

野木浩一郎……仲村トオル

他

tv staff テレビ スタッフ

脚本
吉田紀子

音楽
得田真裕

主題歌
椎名林檎「人間として」(EMI Records／UNIVERSAL MUSIC)

ゼネラルプロデューサー
中川慎子(テレビ朝日)

プロデューサー
浜田壮瑛(テレビ朝日)／森田美桜(AOI Pro.)／大古場栄一(AOI Pro.)

監督
新城毅彦／星野和成／中村圭良

制作協力
AOI Pro.

制作著作
テレビ朝日

book staff ブック スタッフ

ブックデザイン
竹下典子（扶桑社）

DTP
見原茂夫（ディアグルーヴ）

編集
宮川彩子（扶桑社）

スペシャル対談

Special Dialogue

脚本家
吉田紀子×石原さとみ
俳優

石原さとみさんにとって、3年ぶりの
連続ドラマとなった『Destiny』。
吉田紀子さんの脚本ということで
出演を決めたと言います。
今回、お二人の特別対談が実現。
企画の裏側から役づくり、
共演者の皆さんの裏話まで、
たっぷり語っていただきました。

――吉田さんを尊敬しておられるという石原さん。お二人が初めてお仕事をされたのは、いつごろですか？

吉田紀子（以下、吉田）　２０１１年ですから10年以上前、東野圭吾作品『使命と魂のリミット』というドラマが初タッグでした。

石原さとみ（以下、石原）　私、その時から先生の作品が大好きで。本当にすごかったんです！　ちょうど自分の家族が病気で倒れた時に、医療ミスで家族を亡くした研修医という役柄で、自分のプライベートと重なってしまい、演技なのかどうかもわからなくなるほど集中してしまいました。それもあって、ものすごく記憶に残っている作品です。

今回、その吉田さんの脚本で、ラブサスペンスと聞いて、縁を感じましたし、フラッシュバックするような感じでした。

吉田　『Destiny』も似たところがある作品でしたね。意識したわけではなかったのですが、背景にある大きな事件として父親の因縁があるし、主人公が父思いの娘だというのも同じでした。

――石原さんは、吉田さんの企画書が綿密で驚いたとか？

石原　因縁の部分や、西村奏の生い立ち、両親との関係、髪型はショートっていうのも、全部企画書に書かれていました。あれ、毎回作られるんですか？

吉田　病気のようにやります（笑）。主人公を自分の中に落とし込まなければならないので、探っていくために書くのですが、毎回やるので、プロデューサーには嫌がられます。「もういいから脚本を書いて」って。

石原　私は、あれは吉田さんからのお手紙だと思っていますし、作品に対する熱量をいただきました。

吉田　嬉しいです。ただ、役者さんにとっては、あまりキャラを決めつけるとやりづらいのかな?と思ったりもします。

石原　私は、人物がしっかり思い浮かびました。ブレないのは、「守られるよりも守る」自立した強さのある女性であること。そこが一貫していたので、多少ブレたとしても、すぐに答えを得ることができました。

吉田　実際、西村奏を演じてみて、どうでしたか?

石原　強い人だなとも思うし、すごく揺れるなっていうのも感じました。だって、けっこう壮絶ですよ。お父さんの死を見ているし。

吉田　あれは彼女の人格の中ですごく大きな要素というか出来事で、あれを背負って生きていかなければならないんですよね。だから強いし、でも揺れるんです。その強さと繊細さが、すごくよく出ていました。

石原　本当ですか?　嬉しい!

――大学生と30代、二つの年齢を演じられたのも見どころでした。

吉田　すごく聞きたかったのですが、どうやって若さを表現しているんですか?　もちろん服装や髪型もあるとは思いますが、動作も歩き方もまったく違うじゃないですか。

石原　「自信」なんですよね、多分。彼女にとって自信になるものを得る前と後で、大きく人って変わる、ということ。検事になるための司法試験に受かるのは大きな自信につながったと思うんです。それは自分の努力が結果として目に見えるから。過去のトラウマ、カオリの事故、事件、いなくなった恋人の部分も含めて、乗り越えることができたのかな、って。

吉田　12年後の奏は、本当に自信に満ちて立っていました。大学時代

の表現も、容姿だけでなく、内面が幼いということがよく出ていて驚きました。初めて友達ができた人の初々しさ、心が動いて鼓動が高くなる感じ。脚本家は頭でわかって書いてはいるけど、それを表現する役者さんってすごいなって、改めて思いました。

――印象に残ったセリフや思い出深いシーンはありますか？

石原　私は、8話の奏とトモ（知美）のシーンです。トモが家にきて、久しぶりに学生時代に戻ったような会話があって、現場では泣いてしまいました。そのくらい救われたシーンです。「奏には、トモがいてよかったね」って。いい関係の二人になりましたよね。

吉田　拝見して、イメージ通り。すごい友情が出来上がっていました。

――真樹というキャラクターについても教えてください。

吉田　真樹は、ちょっと掴みどころがなく、陰がありながら、本当は子どもで、〝男の子〟という感じ。

石原　一番大人になりきれてない人ですね。

吉田　ちょっと色気も欲しかったですし、少年性と色気の両方ある人って誰だろう？って、軽井沢で中川プロデューサーと打ち合わせしながら悩んでいて、候補に上がったのが亀梨和也さん。東京へ帰った中川さんに、「やはり亀梨さんがいいと思う！」って連絡しました。あんまり私、そういうこと言わないんですけど、その時は「早く伝えないと」と思って、すぐ電話しました。

――カンニングのシーンなど、イタズラなところにキュンとします。

石原　亀梨さん、真樹を演じるう

えで結構悩んでいました。4話に執務室で話すシーンがありますよね。ハンドルに指紋がついていて、「そこかぁ」って言って、「ふっ」と笑うって書いてあって。亀梨さん、「頑張るけどできないかもしれない」って。イメージはできるけど、それを成立させるのが難しかったみたいです。

吉田 もしダメだったらやらなくていいけど、ちょっとやってみてくださいって監督に言ったかも。

石原 私は真樹のああいうところが好きだったんです。真剣に向き合おうとしない、逃げ腰の感じに心の弱さが見えて、すごく好きでした。ただ、演じるのは難しいんだろうなぁ。

――もう一人の相手役とも言える、貴志についてはどうですか?

吉田 私は、いい人にしたかったんですよね。本当に奏が大好きで、どうして奏がこの人じゃなくて真樹にいくんだろうと、視聴者の方に思わせたかった感じはあります。

石原 思い出した! 3話で、なんで冷蔵庫に婚約指輪を入れたんですか? 現場でも話題でした。

吉田 暗い中で冷蔵庫を開けたら、明かりがバーッと来るじゃないですか。そこに奏が立って、手に取るっていうのを、やってみたくて。

石原 安藤(政信)さんが「あなたを凍らせたいくらい好きってことだ」って、怖い発想をしちゃって(笑)。安藤さんがすごく台本を深読みするんです。

――最後に、お二人からシナリオブックの読者にメッセージを。

吉田 シナリオは文字だけですが、役者さんが演じると、こんな風に立体的になるのかとか、どんな化学反応を起こしていくのかということを、映像と一緒に楽しんでいただけたらと思います。

石原 吉田さんは血の滲むような思いで書かれたとおっしゃっていました。ブランク後3年ぶりの私も、一つ一つのセリフを大切に、丁寧にやらせていただきました。私にとってとても貴重で大切な作品です。観ながら、読みながら、好きなセリフを見つけてもらえたら嬉しいです。

構成/尾崎真佐子　撮影/林 紘輝(扶桑社)

■吉田紀子（よしだ・のりこ）

1959年山梨県生まれ。脚本家。福島と東京で育つ。大学卒業後、2年間のOL生活を経て、倉本聰氏主宰の富良野塾でシナリオを学ぶ。連続ドラマや映画の脚本を中心に手掛け、繊細でヒューマニズム溢れる作風に定評がある。『Dr.コトー診療所』（フジテレビ）で第15回橋田賞受賞。近年の作品に、『リエゾン - こどものこころ診療所 -』『友情～平尾誠二と山中伸弥「最後の一年」』（共にテレビ朝日）など。軽井沢在住。

■石原さとみ（いしはら・さとみ）

1986年、東京都生まれ。俳優。第27回ホリプロタレントスカウトキャラバン ピュアガール2002でグランプリを受賞。デビュー作の映画『わたしのグランパ』にて第27回日本アカデミー賞新人俳優賞、NHK連続テレビ小説『てるてる家族』で第41回ゴールデン・アロー賞最優秀新人賞など、数多くの受賞歴がある。2022年に第一子の出産を発表し、本作が3年ぶりの連続ドラマ出演となる。

Destiny シナリオブック〈下〉

発 行 日　2024年6月10日　初版第1刷発行

脚　　本　吉田紀子

発 行 者　小池英彦

発 行 所　株式会社 扶桑社

〒105-8070

東京都港区海岸1-2-20　汐留ビルディング

電話　03-5843-8843（編集）

03-5843-8143（メールセンター）

www.fusosha.co.jp

企画協力　株式会社テレビ朝日

印刷・製本　サンケイ総合印刷株式会社

ISBN 978-4-594-09781-3